汉译世界文学名著丛书

托尔梅斯河的拉撒路

〔西〕佚名 著

盛力 译

① LA VIDA DE
LAZARILLO DE TORMES
Y DE SUS FORTUNAS Y ADVERSIDADES
② LAZARILLO DE TORMES

根据西班牙马德里埃斯帕萨－卡尔佩出版社 1962 年版
及西班牙巴塞罗那布鲁格拉出版社 1970 年版译出

汉译世界文学名著丛书

出 版 说 明

1902年，我馆筹组编译所之初，即广邀名家，如梁启超、林纾等，翻译出版外国文学名著，风靡一时；其后策划多种文学翻译系列丛书，如“说部丛书”“林译小说丛书”“世界文学名著”“英汉对照名家小说选”等，接踵刊行，影响甚巨。从此，文学翻译成为我馆不可或缺的出版方向，百余年来，未尝间断。2021年，正值“汉译世界学术名著丛书”出版40周年之际，我馆规划出版“汉译世界文学名著丛书”，赓续传统，立足当下，面向未来，为读者系统提供世界文学佳作。

本丛书的出版主旨，大凡有三：一是不论作品所出的民族、区域、国家、语言，不论体裁所属之诗歌、小说、戏剧、散文、传记，只要是历史上确有定评的经典，皆在本丛书收录之列，力求名作无遗，诸体皆备；二是不论译者的背景、资历、出身、年龄，只要其翻译质量合乎我馆要求，皆在本丛书收录之列，力求译笔精当，抉发文心；三是不论需要何种付出，我馆必以一贯之定力与努力，长期经营，积以时日，力求成就一套完整呈现世界文学经典全貌的汉译精品丛书。我们衷心期待各界朋友推荐佳作，携稿来归，批评指教，共襄盛举。

商务印书馆编辑部

2021年8月

译　序

文学形象的魅力是无穷的，就以中国读者很熟悉的《堂吉诃德》来说，主人公吉诃德老爷不消说了，就说那位粗俗的村夫桑乔·潘萨吧，只因经了塞万提斯之手，又被那位疯魔的老爷一衬托，立时变得光彩熠熠，多少人读了书会说："我喜欢这一个。"喜欢他，当然不是因为他的缺乏理想精神，现实生活中千千万万个桑乔不仅引不起我们太大的兴趣，有时甚至让人鄙夷，正如卡米洛·何塞·塞拉[①]所说："夏洛克[②]是因那位天才诗人而获得魅力的。"（在诺贝尔奖授奖仪式上的演说）就是说，无论什么样的人物，只要找到真正的作者，就会幻化成文学形象而大放异彩。这正是文学的奥秘。

比《堂吉诃德》早半个世纪问世的西班牙流浪汉体小说（或称流浪汉小说）又当别论。所谓流浪汉小说是自十六世纪中期到十七世纪中后期继骑士小说之后在西班牙兴起的一种新的小说体，而《托尔梅斯河的拉撒路》，是这类小说中影响

---

① 卡米洛·何塞·塞拉（1916—2002），西班牙作家，1989年诺贝尔文学奖得主。

② 莎士比亚剧本《威尼斯商人》中的角色。

最大、艺术成就最高的作品。那是一种独特的小说体裁，主人公多为无赖、骗子、流浪汉，作者让他们以玩世不恭的口吻自述种种经历和坑蒙拐骗的劣迹，既是自供，又是自嘲。叙述者仿佛是要读者与他一起取笑自己的行为，而读者却从他们戏谑、夸张的描绘中窥见世态人心以及社会的黑暗和不公。

这是真正的文学冒险。

因为毋庸置疑，真正的文学或所谓不朽的文学，是由审美情感和道德责任两大基石来支撑的，先不说探索人类责任、人生价值等崇高使命，就是为了揭示人的困惑或悲剧体验，一般也要通过塑造“英雄”或“道德的人”来完成。如果说《堂吉诃德》的主人公是个“滑稽英雄”，那么流浪汉小说的主人公则是“非英雄”，是一种不被社会接纳或为人所不齿的卑怯的人物。为这样的人物立传，还要采取自述形式，不仅为博读者一笑，更要让读者在“哀其不幸”之时完成对这类人物及周遭环境的道德批判。这是多么了不起的业绩！

开创了这种独具西班牙特色的小说体裁的是无名氏的作品《托尔梅斯河的拉撒路》（一译《小癞子》，以下简称《拉撒路》）。围绕这部作品的写作年份一向众说纷纭，莫衷一是。多数学者认为此书写于1525年或1538年，该书问世却在十六世纪中，1554年同时有三个版本出现。

小说写流浪儿拉撒路——一个瞎子领路人——如何在饥饿的逼迫和一个个悭吝、虚伪、恶毒主人的欺凌、教唆下挣扎、苟活，渐渐悟出生存的诀窍，“打定主意投靠有钱人”，最终做了大祭司姘妇的丈夫，还称：“那正是我日子过得最红火、运气最好的时候”。

小说主人公以成人拉撒路的口吻叙述一生遭际及所谓人生感悟，因为故事的中心是成人拉撒路（即无赖拉撒路）对其童年经验的实践，所以我在翻译此书书名时，把原文中那个表示昵称的小拉撒路的“小”字省去[①]，译作现在这个名字。

这个机灵而又倒霉的天字第一号流浪汉，是西班牙文学对世界文学的一大贡献。认真说起来，这西班牙文学，倒是常常把一些卑贱、顽劣的人物送上世界文学的殿堂，除了托尔梅斯河的这位拉撒路，更有那个大名鼎鼎的唐璜[②]和那个同样有名的“虔婆”塞莱斯蒂娜[③]。这些人物从不同的方面表现人性的缺点，却又具极高的审美情趣和价值，而我们对于人的了解是否更多地来自这类角色的启示也未可知。文学的意义就在于此。

就拉撒路而言，我们看到，在他黑暗、浑噩的内心世界里，也还有人性的光点，在其渐失真性的过程中，仍残存道

---

① 因为这部作品的缘故，“小拉撒路”这个词已被当作普通名词收入西班牙语词典，意思就是“瞎子领路人”。

② 给了众多西方艺术家以灵感的西班牙传奇人物，因蒂尔索·德·莫利纳（1579—1648）所著《塞维利亚的风流荡子》（一译《塞维利亚的登徒子》）而扬名天下。

③ 西班牙同名经典名著（1499）中的主人公。

德的顾忌和良心的自责。人们不难从他的自嘲中品出苦涩和无奈。评论界一向对小说的第三章津津乐道。这一章写拉撒路投靠一个侍从后的遭遇。此处的所谓侍从，是中世纪的末等贵族或贵族之后，这种人常侍奉某位骑士老爷，为他持盾举矛，跟他学习骑马打仗，靠他给的薪俸过活。自十五世纪末起，随着雇佣兵的兴起，这些人渐渐失去饭碗，陷于穷困潦倒的境地。拉撒路投靠的这位侍从便是一个除一身行头之外一无所有的穷光蛋，甚至到了"靠我这个可怜的拉撒路讨几口吃的来糊口"的地步，但他仍死撑着面子，明明肚里没食，偏要到门口装出酒足饭饱的样子剔牙给人看。拉撒路却一反对待其他主人的态度，"我不恨他，倒是可怜他。为了能带点儿东西回家给他充饥，我常常自己挨饿。"这两个活灵活现的形象——死要面子的主人和顾不得脸面的仆人——连同仆人反过来保护主人的构思，后来被天才的塞万提斯借用、发挥，变幻成那个理想精神的化身堂吉诃德和他那个粗俗、现实的仆人桑乔·潘萨①。

小说作者善于把握心理、透视人心，小说开头所写拉撒路的瞎眼主人给他上的人生第一堂课，就让人不胜感叹。拉撒路跟了这个主人没几天，声称把他当亲儿子对待的瞎子带

---

① 塞万提斯也写过两三篇可被归于流浪汉小说一类的故事（均被收进《训诫小说集》）。不过塞翁善于借用一种小说体的要素达到颠覆它的目的，他的《堂吉诃德》是借用骑士小说的外壳来结束那种小说；同样，他的那篇《玻璃硕士》也是对流浪汉小说的某种否定。

他走出萨拉曼卡城时，哄他走近城外桥头的一块形状像牛的石头，然后乘其不备，把他的脑袋猛撞在石牛身上，还大笑着说："傻瓜，你好好学吧，给瞎子领路得比魔鬼还精。"追述这段往事的拉撒路不掉一滴眼泪，只淡淡地说："（我想）他说的是实话。我是得睁大眼睛，长点心眼儿，……是得留心照顾自己。"寥寥几笔，着墨不多，我们却分明看到可怜的流浪儿咬碎了牙齿往肚里咽，从此便要以恶对恶，以奸诈还奸诈了。于是我们看到，在小说头两章里出现的拉撒路还是个不懂人事的混沌的小流浪儿，但从第三章往后，他已学会了如何在人世间苟且偷生。他通过亲身体验和对社会的观察，看透了社会的黑暗和各种上层人物的虚伪和奸诈，渐渐适应了那个社会，变得越来越厚颜无耻，最后成为依赖于那个社会的无赖汉。书中拉撒路的自白带有两重性，一方面赤裸裸地叙述自己的不道德行为，另一方面诉说其对道德的顾忌和良心上的自责。

二十世纪八十年代，我趁在西班牙马德里自治大学教书之便，特意去西班牙的历史名城萨拉曼卡凭吊城边的那座桥和桥头的那只石牛，似牛非牛的大石仍在原地，我登上石座，忍不住轻轻抚摩把那个流浪儿撞晕又撞"醒"的坚硬的牛身。忽然想起把小说人物比作台球的基罗加[①]的一句话来，"它们很正常地碰到了台边，却朝着最意想不到的方向开始各自的

---

① 基罗加（1878—1937），乌拉圭作家。

运动。”(《被放逐的人》, 1926）被击到台边的这个几百年前的小球能以别的角度弹回吗？拉撒路可有别的选择？

《拉撒路》规定了流浪汉小说的基本特点，如：主人公自述的形式、多变的场景和像糖葫芦那样穿成一串儿的情节以及讥讽、嘲笑、夸张的语言等等，再就是“饥饿”的主题了。有人将这类小说称为“饥饿的史诗”，因为“饥饿”常常是这类小说的主要题材，但这并不是说流浪汉小说仅仅描写贫穷、饥饿等现象，它在淋漓尽致地刻画流浪汉心理状态的同时，再现下层社会的生活场景，更借流浪汉之口无情地鞭挞社会的丑恶，深刻地揭露虚假的道德价值。

区区几十页的一本小书后来被认为是开了现代小说的先河。从它开始，小说中有了会思想、会观察并会自觉行动的人。虚构的人物不仅已是百人百面、一人一个声音，而且每个人物还会随境遇的变化而改变其行为方式；骑士小说、田园小说中凭空想象的故事背景也让位于现实的生活场景。所以，这部篇幅不长的小说又被西班牙著名语言学家和诗人达马索·阿隆索（1898—1990）誉为“世界文学现实主义的顶峰”。流浪汉小说这一体裁也被批评家们称作西班牙文学史上“最有代表性、最为百姓喜闻乐见”的文学体裁。

流浪汉小说风靡一时，1555年，便有《拉撒路》的续作问世。在一个多世纪里，西班牙小说家纷纷采用这一体裁，其中不乏传世之作，如十七世纪先后出版的两部作品：马特奥·阿莱曼的《古斯曼·德·阿尔法拉切》(第一部1599,

第二部1604）和克维多的《骗子外传》（1626）。

作为小说体裁的流浪汉小说虽早已成为历史，其对西班牙及欧美各国的影响却历数百年而不衰。欧洲文学受其影响的有德国作家格里美尔斯豪森（1621？—1676）的《痴儿西木传》（1668）、法国作家勒萨日（1668—1747）的多部作品、英国作家笛福（1660—1731）的《摩尔·弗兰德斯》①（1722）等等；拉美文学中更不乏此类作品，拉美的第一部小说就是墨西哥作家何塞·华金·费尔南德斯·德·利萨尔迪（1776—1827）所著的流浪汉小说《癞皮鹦鹉》（1815）；现代拉美小说家中也有不少借用流浪汉小说的形式，如阿根廷小说家罗伯托·派罗（1867—1928，代表作为《劳查的婚事》）、墨西哥作家何塞·鲁文·罗梅罗（1890—1952，代表作为《废物皮托·佩雷斯传》）、智利作家曼努埃尔·罗哈斯（1896—1973，著有《小偷的儿子》）等人；利用此种体裁创作的西班牙作家更可举出长长的一串，近代和现代的著名作家就有贝尼托·佩雷斯·加尔多斯（1843—1920）、皮奥·巴罗哈（1872—1956）、安东尼奥·松苏内吉（1901—1982）、卡米洛·何塞·塞拉（1916—2002）等等，后者甚至还写过一部《托尔梅斯河的拉撒路新传》（1944），而其代表作《帕斯夸尔·杜阿尔特一家》（1942）更是深得流浪汉

---

① 照博尔赫斯的说法，"西班牙洁净的（不写情欲的）流浪汉小说"是《摩尔·弗兰德斯》遥远的前身。

小说之三昧。

这不足为奇。

因为“几乎是无止尽的文学全出自不受时间限制也无姓名的一人之手。”博尔赫斯在其《探询别集》中如是说。

《拉撒路》原著版本甚多，此译本根据西班牙马德里埃斯帕萨-卡尔佩出版社出版的胡里奥·塞哈多尔-弗劳卡（1864—1927）的校注本（1962年版）和西班牙巴塞罗那布鲁格拉出版社出版的何塞·卡索（1928—1995）的校注本（1970年版）译出。我们在翻译过程中曾反复比照两个版本的评注部分，力求让译文尽可能贴近并再现原文。即便如此，囿于译者水平，译本中仍难免有力所不逮之处，恳请读者、同行不吝指教。另外要特别说明的是，原著中有的段落用斜体排印，因为一些评注家认为相应段落并非出自原作者之手，很可能为别人所添加，我们在翻译时并未删除这部分内容，而是在段落的起始和结尾处用方括号加以标示，这样做的目的是为了向读者更完整地介绍这部经典著作。

盛力

2021年4月于北京

目　　录

前　　言

我认为，像这样不同凡响、或许从未有人耳闻目睹的事，应该让众人知晓，不要被永远遗忘才好。因为很可能有人读了会从中找到某些喜爱的东西，就是不好深入研究的人也可能读得津津有味。在这方面普林尼说过，一本书再糟，也不会毫无可取之处[①]。况且爱好人各不同：这个人不要吃的，另一个人却馋得发疯；我们还看到，有人看轻的东西，另外一些人却看得很重。这就是说，任何东西，只要不是坏到极点，都不要毁弃，而应该让世人了解，特别是那些无害而且可以从中得到一点儿益处的东西。

因为，如果不是这样，如果写书只是为了给自己看，就很少有人会去写书了。因为写作要花力气，既然下了功夫，总希望得到报酬，不是要人给钱，而是希望有人阅读他的作品，如若作品写得有点儿意思，则希望得到人们的赞赏。所

---

① 为老普林尼（23—79）之甥及养子小普林尼（61?—113?）在其《书信集》中对前者言论的转述。

以图利乌斯[1]说："荣誉感造就艺术"。

谁会认为冲在最前头的士兵是最不愿意活下去的？当然不会是这样；倒是赢得赞美的愿望，促使他去冒险。艺术和文学方面的情况也一样。一个很会布道的教士，一心要拯救人的灵魂，但是当有人对他说："啊，大人，您讲得妙极了！"那你们不妨去问问他会不会感到于心不安？一个老爷骑马与人对打败下阵来，却会把自己的锁子甲赠送给一个无赖，只因为那个家伙吹捧他长矛使得好；他的长矛果真要得这么好的话，还不知道他会怎么样呢？

谁也不例外；坦白地说，我也不比周围的人高明。就以我写的这个粗俗的小玩意儿来说，如果那些从中找到一点乐趣的人读后能得到消遣，并且能了解到一个人尽管命运多变，尽管遭到如此之多的危难和挫折，仍能活在世上，那我也不会感到不高兴的。

我恳请您收下我写的这个不起眼儿的东西；我是力不从心，否则会写得更像样。既然您来信要我向您详述情况，我觉得不宜从半截说起，而应从头讲来，也好使人对本人有全面了解。同时也为了使那些世袭贵族想想，他们到底有何本领得到那样的身份，只不过是命运对他们偏心罢了；而别的人，尽管命运作对，却凭着自己的苦撑和机智安然渡过难关，这些人的作为要大得多。

---

① 即西塞罗（前106—前43），古罗马政治家、雄辩家和哲学家。著述浩繁，今存演说、哲学和政治论文多篇及大批书简。

第一章
拉撒路述说自己身世以及他父母的情况

我首先禀告大人，人们都叫我托尔梅斯河的拉撒路。我是托美·冈萨雷斯和安东娜·佩雷斯的儿子，他们是萨拉曼卡省特哈雷斯村人。我降生在那条河里，由此得了这个外号。事情是这样的：我父亲——愿上帝宽恕他的亡灵——当时在托尔梅斯河边的一座水磨房里管磨，他在那儿干了十五六年。有一天晚上，我母亲在磨房里，当时她肚里正怀着我，突然要分娩，于是就在那儿生下我。所以我说我生在那条河里是真话。

在我8岁那年，来磨房磨面的人控告我父亲在口袋上开口子揩油，因此他给抓走了。他供认不讳，吃了“正义”的苦头。但愿他靠上帝保佑进了天堂，因为他是《福音书》里叫作有福的那种人[①]。当时正招兵打摩尔人，我父亲——那时

---

① 引自《马太福音》第五章第十节，原话是：“为（正）义受逼迫的人有福了，因为天国是他们的。”此处是对《圣经》的戏谑的引用，因为西语中“正义”与“司法机构”为同一个词，《圣经》中用的是第一个词义，而本书叙述者用的却是第二个词义，所以这句话的另一层意思是：“被司法当局所迫害”。

他因遭到前面提到的灾祸已被放逐——也跟着去了，给一位前去打仗的骑士当骡夫。他是个忠心耿耿的仆人，和他主人一道牺牲了生命。

我的寡母，因为没了丈夫，无依无靠，打定主意投靠有钱的人，好使自己也富起来。于是她来到城里，租了一间房子，给几个学生做饭，还为马格达莱娜教区①骑士团长的马夫们洗衣服。这么一来，她就常到马棚去。

她认识了牲口照管人中的一个黑人。这个人有时来我们家，第二天早晨才走；有时候，他白天上门，说是买鸡蛋，就进到屋里来。他初来我家时，我见他长得又黑又难看，既讨厌他又怕他。不过，自从我看到他每次来，我们就有口福，慢慢就喜欢他了，因为他总是带些面包或几块肉来，冬天还带来供我们取暖用的木柴。

他老在我们家留宿，和我妈来来往往，结果我妈给我添了一个很好看的小黑人。我常常颠着他玩儿，让他偎着我取暖。

我还记得，有一次我的黑人后爹正逗着小家伙玩儿，小家伙看出我妈和我的皮肤都是白的，而我后爹的肤色不同，吓得躲到我妈身边，指着他说："妈妈，妖怪！"

我后爹笑着回了句："这个婊子养的！"

我那时虽然还小，但我弟弟的那句话，还是引起了我的注意，我心里说："看不见自己是什么样子故而嫌弃别人，世

---

① 该教区在萨拉曼卡，属阿尔坎塔拉教团。

界上这种人不定有多少呢！”

命里该着，这个叫赛义德[①]的人跟我母亲来往的事传到了总管的耳朵里；一经查究，发现让他用来喂牲口的大麦被他偷了一半。麸子、木柴、马梳、擦马布、马衣、马披等等也缺了不少；没有什么东西可拿的时候，他就撬牲口蹄子上的铁，把所有这些东西都拿来给我母亲，好养活我那小弟弟。一个可怜的奴隶为了爱情能够干出这种事情，那么，教士从穷人身上搜刮、修士从修道院偷拿来养他们的信女或私生子，我们也就不必大惊小怪了！

不仅上面说的这些被一一查明，更有一些别的事。因为他们盘问我时吓唬我，那时我还小，一害怕就把知道的事都说了，连我妈让我把马蹄铁卖给铁匠的事都抖搂出来了。

我那个倒霉的后爹挨了顿鞭子，还受了油刑[②]。我母亲也依法受到惩罚，罚她不得进那个骑士团军官的家门，也不准她收留遍体鳞伤的赛义德，否则按例抽一百鞭子。

为了不至于“连锅带绳襻儿都丢光”，我可怜的妈妈咬咬牙，服从了判决。为了躲避风头，图个耳根清净，她去侍候当时在拉索拉纳小客栈[③]住宿的房客。在那儿，她忍受千般烦扰，终于把我弟弟养大，熬到他会走路了，把我也拉扯成大孩子，除了给房客们打酒买蜡烛，还干他们吩咐的其他

① 阿拉伯语中“先生”之意。

② 一种酷刑：用猪油涂抹伤口后用火烧炙。

③ 位于现今萨拉曼卡市议会所在地。

杂活。

这时节，来了一个瞎子住在客栈里。他觉得我能给他领路，就向我妈提出要我。我妈把我托付给瞎子，还对他说我是好人的根苗，我父亲是为了宣扬教义，在赫尔维斯战役[①]中牺牲的，她相信上帝会保佑我，长大以后不比我父亲差，要求瞎子好好对待我，为我多费心，因为我是个孤儿。

瞎子满口答应，还说他不是要我当他的小听差，而是要把我当他的亲儿子。就这样，我开始伺候这个年老的新主人，给他领路。

我们在萨拉曼卡待了几天，我主人嫌进账太少，便决定离开那里。到了我们该动身的时候，我去看我母亲，两人伤心落泪，她为我祝福以后说：

"孩子啊，我知道以后再也见不到你了。你要发狠做个好人，但愿上帝指引你。我把你拉扯大，托付给了一个好主人，往后你自己照顾自己吧。"

于是，我回到主人那儿，他正在等我。

我们出了萨拉曼卡城，走近大桥，桥头有一只石兽，形状很像公牛。瞎子叫我走近石牛，我靠近以后，他对我说：

"拉撒路，把耳朵贴到石牛身上，你就会听到牛肚子里有很大的响声。"

---

① 指赫尔维斯惨败。1510年8月26日，阿尔巴公爵之子加西亚·德·托莱多指挥的西班牙舰队在该地被摩尔人打败。

我信以为真，把耳朵凑了上去。他感觉到我的脑袋已经贴近石头，就使足了劲一推，使我一头撞在那个该死的石牛身上，害得我三天后脑袋还疼，可他却对我说：

“傻瓜，你好好学吧，给瞎子领路得比魔鬼还精。”

他因为捉弄了我而高兴得大笑起来。

我觉得自己这时才从小孩子的浑浑噩噩中清醒过来，心里说：

“他说的是实话。我是得睁大眼睛，长点心眼儿，因为我是孤单一人，是得留心照顾自己。”

我们上路了。没几天工夫，他就把黑话教给了我。他看我挺机灵，十分高兴，就对我说：

“金子、银子我都不能给你；可是谋生的诀窍，我会敞开儿给你的。”

这话不假：我能活命，除了靠上帝以外就全靠他了。他的眼睛虽然瞎了，却点拨了我，给我指引了谋生的路。

我起劲儿地对阁下讲这些鸡毛蒜皮的事，就是想说明，卑微的人知道上进多么高尚，高贵的人自暴自弃是何等堕落。

好啦，还是回过头来接着讲我那个好心的瞎子和他的那些事吧。我当告诉阁下，自从上帝创造世界以来，谁都不如他滑头、精明。干他那一行的，没人比他高明：他能背一百多种祈祷文，祈祷的声音浑厚，不紧不慢，十分洪亮，响遍整个教堂，而且表情得体，神气又谦卑又虔诚，不像别人那样故作姿态、挤眉弄眼。

此外，他还有无穷无尽的捞钱的招数。他说他会念具有各种神效的咒语，比如适用于不能生育的女人、临产的女人或适用于跟丈夫不和要使丈夫回心转意的女人。他还能预言孕妇怀的是男还是女。

说到医道，他说盖仑[①]的本事不及他一半，牙痛、昏厥、妇女病他都能治。总之，不论谁对他说有什么病痛，他都会马上说：

“应该如何如何；去煎这种草，去煎那种根。”

这样一来，大家都来求他，特别是女人，对他言听计从。他就是靠我说的那些本事从她们身上大把赚钱，他一个月捞的比一百个瞎子一年挣的还多。

不过，我还想禀告您，他尽管赚到这么多钱，我却从没见过比他更贪心、小气的人。他每顿饭给我的不够我吃个半饱，差点没把我饿死。我说的是实话；要不是靠我的精明和心计，自己设法填饱肚子，我早就饿死多少回了。尽管他老奸巨猾，可我总有对策，结果又多又好的一份总是（或者说多数情况下）都归我了。为此，我挖空心思捉弄他，不过并不是每次都能得手。下面我就挑几桩讲讲，他把面包和其他东西统统装在一只麻布袋子里，随身带着，袋口穿着铁环，还配有锁和钥匙。他往里装东西或往外掏的时候，防范得那么严密，数得那么仔细，世上无人能拿走他一星半点面包屑。

---

① 一译加伦（129—199），古希腊名医、哲学家、语言学家。

可他分给我吃的那点东西，我不到两口就打发了。

每当他锁上口袋，以为我在注意别的事情而疏忽大意时，我就在口袋的一边拆开一条小缝，从那只悭吝的口袋里往外掏东西。我把那条缝拆了又缝上，缝了又拆开，拿的已不是一小片面包，而是大块面包、整块腌肉和香肠。我就这样寻找适当的机会来补偿那个可恶的瞎子让我吃的亏，而不去和他评什么理。

我把揩油到手和偷来的钱都换成半文的铜钱。人家要他祈祷，给的是一文[①]的铜钱。因为他看不见，人家刚一掏钱，我就把钱塞进嘴里，换上早已准备好的半文钱[②]，不管他的手伸得多快，只要钱从我这儿一过，就减了一半。那个可恶的瞎子接到钱一摸，发觉不是一文的铜钱就埋怨我说：

“见鬼，这是怎么搞的？自从你跟了我，人家就只给半文钱了。可是以前，给的都是一文的，给个马拉维迪[③]也是常有的事。我背运就背在你身上了。”

他也就随着缩减了祈祷文，念不到一半就算了事。他事先吩咐我，只要请他祈祷的人一抬脚，我就拉拉他长袍的下摆。我照他吩咐的去做；他就又照通常的招揽法高声喊叫：

“有人要我念这种或那种经吗？”

---

① 指西班牙古币勃兰卡。

② 由于接过别人施舍的铜钱时要拿到嘴边吻一下，所以拉撒路想到这个法子。

③ 西班牙古币名，相当于两枚勃兰卡。

我们吃饭的时候，他总把一小罐酒放在身边。我常常麻利地抓过罐，悄悄地咂上两口，再放回原处。可是好景不长，因为他一喝就发现酒少了。为了保住酒，从此他总抓着酒罐的把手不放。我就专门备下一大段麦秆儿，往罐口里一插，把酒嘬得一干二净，磁石也不如我嘬酒的吸力大。但是那个家伙实在狡猾，我想他一定是有所觉察，因为从此以后他改变了做法，把酒罐夹在两腿中间，用手捂住罐口，这样他就可以安心畅饮了。

可是我喝上了瘾，按捺不住，眼看麦秆儿这招已经不灵，便又心生一计，在罐子底部钻一个小孔——一个很小的洞眼，再小心地封上薄薄的一层蜡，到吃饭的时候，我装着怕冷，钻到那个倒霉瞎子的两条腿中间，挨着我们的那一小堆火取暖。那层蜡很薄，火一烤就化了，酒便从那小孔里流到我嘴里，我的嘴对得那么准，一滴酒也不会漏掉。等那个倒霉蛋要喝酒的时候，罐子早已空了。

他吃了一惊，高声诅咒，弄不清毛病出在哪里，只好大骂酒罐和酒活见鬼。

“大叔，您总不会说是我喝了您的酒吧，”我说，“因为酒罐子您一直没撒开手。”

他把酒罐翻过来倒过去，摸了又摸，终于发现了那个小洞眼，识破了我的花招。但是他装出一无所知的样子。

第二天，我又照样让他那罐子漏酒。我既没料到大祸临头，也没想到瞎子已经发觉了我，又往他的两腿中间一坐。

我正仰着脸接那美酒，还眯缝着眼睛尽情品味佳酿，那个气急败坏的瞎子觉得对我报复的时机已到，便用双手举起那只又甘又苦的罐子，使出全身力气，砸在我的嘴上。他真的是用尽力气砸的，可怜我拉撒路，当时真以为是天塌下来，天上所有的东西都砸到我头上了，因为我当时还像往常那样放心地美滋滋地享用着，对这一着毫无提防。

那一下砸得我昏天黑地，人事不省，罐子砸得可真叫狠，碎片扎进肉里，把脸砸破许多处，还磕掉了我的几个牙，至今我还是缺牙。打那以后，我开始恨那个可恶的瞎子。尽管他又来哄我，对我表示亲热，给我治伤，可我看得出他对整治我的那个狠毒办法非常得意。他用酒给我洗碎片扎破的伤口，笑嘻嘻地说：

“拉撒路，害你受伤的东西能医治你，让你复原，你说是不是？”

他还说了些别的俏皮话，可我听了觉得不是味儿。

我挨了那倒霉的一砸，脸上青一块紫一块的还没好利索，便想甩掉他，因为我想这个狠心的瞎子再这么砸上几次，准会送了我的命，不过我没有马上这么做，为的是把事情做得更妥帖、更有利。我本想咽下这口气，原谅他用罐子砸我那档子事，可是打那以后他总无缘无故地伤害我，不是敲脑袋，就是揪头发，这样的虐待，实在没法忍受。

要是有人问他为什么待我那么不好，他马上端出酒罐的事来，并且说：

“您当我这个伙计是憨厚孩子吗？可是您瞧，连魔鬼也使不出他这种花招呀！”

人家听他这么一讲，都画着十字说：

“瞧，这么小的孩子就这么损，谁想得到哇！”

他们一边为我要的花招开心大笑，一边对瞎子说：

“整治整治他，上帝会奖赏您的。”

他听了这种话，净琢磨着整治我了。

我就总是领他走最坏的路，叫他吃苦头：哪儿有石头，我就领他走哪儿；什么地方有泥泞，就领他走烂泥最深的地方。虽然我自己走的也不是最干的路，可是为了使那个瞎两只眼的人受加倍的罪，哪怕我自己陪上一只眼睛，也觉得痛快[①]。因此他总用拐棍儿的把儿戳我后脑勺，戳得我后脑勺上满是大疙瘩，头发也被他揪掉了。我发誓说我没有使坏，只是找不到更好的路，可是没用，他根本不相信我：那个家伙实在精明。

为了让您了解这个滑头瞎子何等精明，只要把我跟他打过的许多交道讲上一桩就行了。我觉得这件事很能说明他的狡猾。我们离开萨拉曼卡，是要去往托莱多。他说那儿的人尽管不爱施舍，但比较富裕，他还引了一句俗话：“富人再小

① 这句话来源于中世纪的一个故事：魔鬼答应满足一个人的一切要求，唯一的条件是要把给予他的东西加倍地给他所嫉妒的邻人。这个人便不假思索地要求魔鬼弄瞎自己的一只眼睛，好使邻人失去双眼。拉撒路引用这个故事当然是戏谑的说法，因为他的主人本来就是瞎子。

气给的也比穷光蛋能给的多。”一路上，我们净走最富的地方。哪儿受欢迎，赚的钱多，我们就在哪儿停留，不然，到第三天就另找去处。

这样我们来到一处叫阿尔莫罗斯的地方。当时正好是收获葡萄的季节，一个摘葡萄的人施舍给他一串葡萄。因为装葡萄的筐总是乱堆乱放，再加上那时葡萄都熟透了，所以那串葡萄拿到手里都掉粒儿了，若是放到袋子里就该变成葡萄浆，还会沾湿别的东西。

他决定美餐一顿，这是因为他带不走，也是为了要哄我高兴，原来那天他已经用膝盖拱我好几回，还揍了我好几下。我们坐在一个土墙上，他说：

“这次我让你多吃点，就是说，咱们俩一块儿吃这串葡萄，来个对半分。咱们这么来：你摘一下，我也摘一下；不过你得向我保证，你每次只摘一粒，我也一样，这么着吃光算完，谁都不吃亏。”

我们这样商定，就吃将起来。可是刚摘到第二轮，那个滑头就改变了主意，开始两粒一摘，因为他想我准是这么干的。我见他违背了原先的约定，就不甘心跟他齐头并进，而是要超过他：先是每次两粒、三粒地摘，后来能摘多少粒就吃多少。葡萄吃完了，他还把那光把捏了一会儿，摇摇头说：

“拉撒路，你骗我了。我敢向上帝发誓，你是三粒一摘的。”

“我可没这么吃，”我说，“不过，您怎么会这么起疑心呢？”

这个绝顶精明的瞎子回答道：

“你知道我怎么明白你是三粒一摘的吗？因为我每次摘两粒的时候，你都没吭声。”

〔[①]我听完他的话没吱声。我们走着走着来到了埃斯卡洛纳城里的廊子下面，那时我们是在城里一个鞋匠家落脚。廊下挂着许多绳子和针茅编的东西，有几根碰到我主人的脑袋。他抬手摸到那些东西，弄清楚是些什么以后，对我说：

“孩子，快走；咱们赶紧躲开这种倒霉的吃食吧，这种东西没到嘴就噎死人了。”

我本来没留意那些东西，他一说我便仔细看个究竟。我见不过是些绳子和马肚带，并不是什么食物，就对他说：

“大叔，您这话从哪儿说起呀？”

他回答我说：

“小侄子，别吱声。你挺精，往后你准会明白的，准会看到我的话没错。”

于是我们沿着廊子往前走，来到一家客店。客店门前的墙上安着许多犄角，是供脚夫拴牲口用的。瞎子摸索着看是不是到了他每天给女店主念驱邪咒的那家客店，结果抓到了一只角，他长叹一声说：

---

① 方括号中的内容与上下文衔接不紧，有学者认为是他人添加的，有的版本将这些段落删去，下同。

“唉，倒霉的东西，你比你的外形还要伤人！多少人想把你的名字戴到别人头上，可是想得到你或者想听到你名字的人又何其少呀[1]！

我听到他这番话，就问：

“大叔，您这话是什么意思呀？”

“小侄子，别吱声，说不定哪一天，我手里捏着的这个东西会好歹给你一碗饭吃的[2]。”

“我可不吃这玩意儿，”我回答，“也不能指着它吃饭。”

“我跟你说的是实话，不信你等着瞧，只要你能活着。”

于是我们继续朝前走，一直走到一家客店门口。由于在那儿发生的事，愿上帝保佑我们再也不要去那个地方了。

他的咒语大多数是给女店主、酒馆老板娘、卖果仁糖的女小贩和婊子一类女人们念的，我从没听到他给男人念过咒。〕

我暗自发笑，虽然我还是个孩子，可我也感到瞎子的心思缜密。

我在第一个主人手下虽然还经历过许多好笑而又奇特的事，但我不愿多唠叨，只想讲讲我和他是怎么分手，断绝关系的。当时我们在埃斯卡洛纳公爵封地的埃斯卡洛纳城的一

---

① 西语中“给人头上安角”为“给人戴绿帽子”“让人当王八”之意。

② 此处为拉撒路以后要当“王八”做铺垫。

家客店里落脚。他把一段香肠交给我，要我给他烤烤。香肠烤出了油，他把涂油的面包片送下肚，就从钱袋里掏出两文钱，打发我去酒店给他打两文钱的酒。常言说得好：机会造就小偷；这时魔鬼让我看到了机会——炉火旁边有根细长干瘪的小萝卜，大概因为不配下锅，给扔在那儿了。

当时除了他和我，再没旁人在场，闻到香肠的扑鼻香味，我的馋劲儿就上来了，我明知自己只能闻闻味道，却一心想满足自己的欲望，也不顾后果怎样，把害怕二字完全丢在脑后。我趁瞎子从钱袋里掏钱的工夫，取下香肠，一眨眼的工夫就把前面说的那根萝卜插到烤叉上。我主人把打酒的钱交给我，接过烤叉，开始在火上来回转动，想把那根被撂在一边的干瘪萝卜烤好。

我在打酒的路上很快就把香肠吃完了；回来的时候，只见那个倒霉的瞎子已经把萝卜夹在两片面包中间。他没有用手摸过，不知道夹的是根萝卜。他拿起面包一咬，以为里面夹着一段香肠，冷不防咬到根冷萝卜。他当即翻了脸，说：

“拉撒路，这是怎么回事？”

“我可真是倒霉！”我说，“您是不是又要怪我啦？我不是刚打酒回来吗。准是有人来过，干这种事捉弄人。”

“绝不会的，”他说，“烤叉我一直拿在手里，根本不可能。”

我一再赌咒发誓，说掉包的事不是我干的。但是不起作用，因为那个该死的瞎子太狡猾，什么事也瞒不过他。他一下子站起来，揪住我的脑袋，凑上来闻我。他就像条好猎狗，准是闻到气味了。为了知道究竟，又因为是在气头上，他用双手紧紧抓着我，使劲掰开我的嘴，不管不顾地把鼻子伸进我嘴里。他的鼻子又长又尖，一生气，好像又长出了一拃，鼻子尖一直戳到我的喉咙口。

他这么个干法，加上我怕得厉害，那段晦气的香肠又是刚刚吞下还未来得及在胃里待稳；最主要的还是，他用他那只大长鼻子瞎撞，差点没把我憋死；这些原因加在一起，使我把干过的好事和吃下去的美味一起吐出，物归原主了。就这样，那个坏心眼的瞎子还没把鼻子抽回去，我胃里一阵翻腾，便把赃物喷到他的鼻子上，他的鼻子连同那段没嚼烂的倒霉香肠一道从我嘴里冲了出来。

啊，万能的上帝，我当时真不如入土算啦，因为我已被吓死了！那个恶毒的瞎子怒火中烧，要不是有人闻声赶来，我想他准会结果了我。众人把我从他手中夺下，我那不多的几根头发，竟被他揪下两大把攥在手里。他把我的脸和脖子的前后部都抓破了。抓破脖子是罪有应得，因为它从来填不够，我才遭了这么多罪。

可恶的瞎子向所有聚在那儿的人诉说我干过的坏事，什么酒罐子啦，葡萄啦，还有眼前发生的事，说了一遍又一遍。听得大家大笑大止，过路人也被招来看热闹。瞎子把我的事迹讲得那样生动、风趣，我当时虽然遭到痛打，还在流泪不止，也觉得不笑不够公道。

这当口儿，我忽然想起自己刚才太胆小窝囊，便暗暗责骂自己怎么没把他的鼻子咬下来，那会儿的机会有多好，我简直都成功一半了：我只要一咬牙齿，他的鼻子就到我嘴里了。由于鼻子是那个坏蛋的，我的胃也许会留住它，比香肠还要看得紧些；而且只要鼻子、香肠不出来，问我的时候就可以矢口否认。我但愿上帝当时让我那样干，因为那是我无论如何也该干的呀。

女店主和在场的人使我们重又言归于好，用我给他打来的酒洗我脸上和脖子上的伤。可恶的瞎子又借题发挥，讥笑我说：

“说真的，这小子一年洗掉的酒比我两年喝的还多。拉撒路，起码可以这么说，你活在世上，与其说多亏了你爹，不如说多亏了酒；你爹只生你一回，可是酒已经让你还阳一千回了。”

他接着讲起多少次打破我脑袋，抓破我的脸，再用酒把我治好。

“听我对你说吧，”他说，“如果世界上有谁得了酒的福，那就是你了。”

虽然我心里在咒骂，可是给我洗伤的人听了都大笑不止。不过瞎子的这个预言并非虚言，从那时起直到现在，我常常记起这个肯定有未卜先知的本事的人。我现在为我给他造成的种种不快感到不安，尽管当时我自己也因此吃了不少苦头，因为我觉得他那天对我说的话都应验了，您听了下边的事就清楚了。

瞎子这样整治我。还恶毒取笑我，我便决心干脆离开他。

我早就转过这个念头，而且一直存在心里，这次遭他戏弄，我更加拿定了主意。就这样，第二天我们到城里求人施舍。头一天夜里下了大雨，那天雨还不停，我们就在城里的廊子下面祈祷，免得淋湿。可是天渐渐黑了，雨还是下个没完，瞎子对我说：

“拉撒路，这场雨下个没完，天越晚，下得越大。咱们赶紧找客店投宿吧。”

我们去客店必须过一条水沟，因为雨大，沟面变宽了。

我对他说：

“大叔，沟涨得太宽了；不过，要是您愿意，我知道哪儿容易过去，我们也不会弄湿，因为那儿沟很窄，我们一跳就可以过去，脚都不会沾上水。”

他觉得这个主意好，回答说：

“你挺机灵，我就喜欢你这一点。你就带我去沟窄的地方吧，现在是冬天，淋着雨的滋味不好受，弄湿了脚就更糟了。”

我一见正对我的心意，就把他从廊子下面领出来，径直朝广场上的一根石柱子走去（广场上有许多这样的柱子，用来支撑房子的凸出部分），对他说：

“大叔，这儿就是水沟最窄的地方。”

当时大雨如注，这个可怜虫浑身都淋湿了，想赶紧躲开劈头盖脸浇下来的大雨，最主要的是，上帝为了替我报仇，使他一时昏了头。反正他完全听信了我的话，说：

“你帮我对准了，先跳过去。”

我让他正好对着石头柱子，然后一跳转到柱子后面——就像等着公牛冲过来那样，对他说：

“来！有多大力气就使多大力气跳，这样就可以过沟了。”

我的话音刚落，可怜的瞎子就像公羊一样往前一扑，为了跳得远些，起跳前还先往后退了一步。他用尽全身力气一冲，一头撞到石头柱子上，像撞在一个大葫芦上那样轰的一声响。他当即撞了个半死，仰身倒在地上，脑袋撞得开了花。

“怎么，你闻得出香肠的味儿，就闻不出石头柱子的味儿吗？那你就好好闻闻吧！”我对他说。

我把他丢给前来抢救的人们，自己一口气跑到城门口，天还没黑，我就到了托里霍斯。以后上帝使他怎样，我就不清楚了，而且我也没心思去打听。

第二章

拉撒路怎样投靠了一位教士以及跟他经历的种种事情

我觉得留在托里霍斯不够安全，第二天又来到一个叫马凯达的地方。我的罪孽使我在这儿碰上一个教士，我向他乞讨，他问我会不会协助他做弥撒。我说我会。这是实话，因为那个作孽的瞎子虽然虐待我，却教会我许多本事，帮着做弥撒就是他教我的。于是教士收下我做他的佣人。

我是逃出了狼窝，却掉进了虎穴。因为瞎子跟他相比，简直是慷慨的亚历山大大帝，虽然我说过瞎子是小气的化身。至于教士，我只要说他集人间一切鄙吝于一身，别的就不用说了。我不知道他是生性如此，还是当教士后沾染上的。

他有一只旧箱子，箱子锁着，钥匙拴在系披风的皮腰带上。他每次从教堂拿到上供的面包，立即亲手放进箱子里，重新锁好。他的家和别人家不同，整个房子里没有任何可吃的东西。别人家里经常在烟囱上挂块腌肉，案子上放些干酪，橱柜里放一小篮吃剩的面包。我觉得，这些东西就是享用不上，看看也能得些安慰。

他家里只有一辫子葱头，还锁在了楼顶的一间小屋子里。我的口粮是每四天一个葱头。每当我向他要钥匙去取葱头时——这是有旁人在的情况下——，他就把手伸进胸前的钱袋里，非常勉强地解下钥匙交给我，同时说：

“拿去，马上给我拿回来，别光想着贪吃零食。”

真好像全巴伦西亚的美味甜食都放在里面似的[①]，其实我前面已说过，阁楼里除了挂在钉子上的葱头以外，别的东西连个鬼影儿都没有。就是那几个葱头，他都仔细记着数，如果我造孽，吃过了规定的量，我准会倒大霉。

结果，我饿得要死。

他对我如此刻薄，对他自己却大方得很。他每天午饭和晚饭加起来要吃五文钱肉。不错，肉汤是我们俩分着喝的，至于肉呀，我是干瞪眼，一点儿也尝不到！我只能吃到一点儿面包。老天爷，哪怕让我吃个半饱也行啊！

当地人星期六总要吃羊头[②]，他打发我也去买一个，一个得花三个马拉维迪。他把羊头煮熟，先吃掉眼睛、舌头、后脖、脑子和上膛的肉，才把啃过的骨头给我。他一边往我的

---

① 中世纪时，西班牙经巴伦西亚运进东方产的糖果、甜食。

② 1212年7月16日，西班牙基督徒在拉斯纳瓦斯德托洛萨大败摩尔人，从此确定这一天为圣十字节。发誓星期六不吃肉，但随着时间推移，作为变通办法，有些地方在这一天可以吃羊头，后来还可以吃鸡等肉食。“星期六吃羊头”一说即由此而来。

盘子里放，一边还说："拿去吃吧，吃个痛快！这个世界都是你的了。你的日子比教皇过的还要好。"

"但愿上帝也叫你过过这种日子！"我心里说。

跟了他三个星期之后，我虚弱得站不起身来。要不是上帝保佑，再加上我自己开动脑筋，我是必死无疑了。我没机会做手脚，因为没有东西好下手。即使有，我也不能像蒙骗从前那个主人那样蒙骗他（如果从前那个主人一头撞死了，求上帝宽恕他）。那个主人虽然滑头，到底缺了宝贵的双眼，看不到我；可是这个呢，眼睛尖得谁都比不上。

到献圣餐礼的时候，落在施舍盘里的钱他都记着数，一文也不会漏过。他一只眼盯着施主，另一只眼盯着我的两只手，两个眼珠子水银般地在眼眶里滴溜溜转。施舍多少钱，他都有数。捐献一完，他马上把施舍盘从我手里拿走放到祭台上。

我跟着他过活（不如说等死更恰当）的那些日子，始终没拿到他一文钱。我从来没去酒馆替他打一文钱的酒，他把上供时捞来的那点儿酒放进箱子里，精打细算地喝，够他连着喝整整一星期。

他为了掩饰自己的吝啬，还对我说：

"孩子，你听着，教士在饮食上必须十分节制，所以我不像别人那么胡吃海喝。"

可这个小气鬼分明是在说瞎话，因为每次在教友会或是在办丧事的人家念经时，只要别人出钱，他吃起来像条饿狼，喝起酒来比巫医还凶[①]。

提到丧事，愿上帝饶恕我，因为除了那一阵子，我从来没有跟人类过不去。由于有丧事的时候，我们可以吃得好，我也能敞开肚子吃个饱，我巴望着每天死一口子人，甚至这么祈求上帝。在给病人做圣事的时候，特别是在施临终涂油礼的时候，只要教士一让全体在场的人祈祷，我肯定不会落于人后，而且我是诚心诚意地祈求上帝。不过我不像人们惯常祈求的那样，让病人得福，我是求上帝把病人带到另外一个世界去。

每当病人大难不死，我就千百遍诅咒他（愿上帝宽恕我）；要是死了，我就千百遍地祝福他。我跟着这个教士约六个月的时间，总共死掉二十个人，我相信他们都是我杀的，或者说得更确切些，都是我祈祷死的。我想，是上帝见我总在生死线上挣扎，便乐得结果他们以救我一命。可是我当时受的那份罪，实在是无法解脱。办丧事的日子，我得以活命，可是没有死人的日子，仍然天天挨饿，而且肚子撑惯了，越发觉得饥饿难忍。因此，除非一死了事，否则没法安生，所以我有时也像盼望别人死那样，盼望自己死掉。不过，我总没见到死神，虽然它总不离我身。

我多次想离开这个吝啬的主人，可是有两个原因使我没

---

① 旧时西班牙巫医用唾液或吹法气给狂犬病人治病，需要不断用酒润嘴，所以善饮。

甩了他：一怕自己身子弱，不敢拿两条腿去冒险；二是我心里盘算：

"我跟过两个主人。头一个把我饿得半死，可是甩了那个，又碰上了这个，结果这个把我饿得只剩下一口气。如果我现在甩掉这个，再碰上一个更次的，那不就必死无疑了吗？"

这样一来，我没敢匆忙行事。因为我相信，阶梯必然是越走越低，再往下走一点，拉撒路就不会发出声响，世上再也听不到他的声音了[①]。

就在我忍受这种折磨（但愿上帝保佑所有虔诚的信徒免受这种苦难），无计可施，一天比一天更惨的当儿，有一天，我那个小气、可恶的倒霉主人出门了，一个锅匠意外地来到门前。我相信他准是穿着锅匠衣服的天使，是上帝亲自派来找我的。他问我有什么东西要修补。

"你倒可以把我好好修补一下，不过你如果为我修补，那活可够你干的。"我悄悄嘟囔了一句，他没所见。

那会儿不是浪费时间插科打诨的时候，我受到圣灵的启示，对他说：

"大叔，这个箱子的一把钥匙我给弄丢了，我怕主人拿鞭子抽我。求求您，看看您带的那些钥匙里有没有一把合适的，我一定答谢您。"

---

① 拉撒路为《圣经》中一个癞皮花子的名字。其敲打木板乞讨，这种响声中止，意味着拉撒路的消失。

那个天使化身的锅匠把带着的一大串钥匙拿来逐个试开，我在一旁用我那不中用的祈祷给他帮忙。没料想，我一下子看见了箱子里放着的面包——通常说的“上帝的脸”①。箱子既然已经打开了，我就对他说：

“我没有钱买您这把钥匙，您就从箱子里拿点什么来抵换吧。”

他拿了一个最中意的白面包，便把钥匙给了我，高高兴兴地走了，而我更是喜出望外。

但我当时什么都没动，免得给看出来丢了东西，再说我既然已成为那么多宝物的主人，我想饥饿就不敢再找到我头上来了。我那个小气主人回来以后，上帝保佑，竟没注意到祭亡灵的那个面包已经给天使拿走了。

第二天，教士一出家门，我就打开我的面包乐园，捧起一个白面包就啃，一会儿工夫，我就使它无影无踪了，事后也没忘记把打开的箱子锁好。我开始欢天喜地地打扫房间，以为从此可以靠这个办法补救一下我的苦日子了。那一天和第二天，我都采取那种办法过得很开心。可是我没有过安生日子的福气，第三天一到——就像发间日疟那样——我又倒霉了。

我突然看见那个把我饿得要死的家伙，趴在箱子上来

---

① 指当时的习俗，落在地上的面包捡起时，都要称之为“上帝的脸”。因为穷人获得食物时，就是上帝前来探望他们了。

回倒腾面包，数了一遍又一遍。我只装没看见，暗暗祈祷、祝愿：

“圣约翰[①]啊，叫他瞎了眼吧！”

他算过天数，又掰着指头数，计算了好久，说：

“要不是箱子结实地锁着，我准会说有人偷了面包。不过，从今天起，为了不犯疑心，我得把数记清楚：现在一共有九个面包外加一小块。”

“但愿上帝让你倒九次霉！”我心想。

他的话就像猎人的箭穿了我的心，我的胃得知又要像过去那样“忌食”，马上感到饥饿难忍。他出去后，我打开箱子想寻找一点安慰。一看见面包，我就像领圣餐时那样，只对它鞠躬而不敢受领。我数了数面包，指望那个吝啬鬼万一数错了，可是我发现他点的数比我希望的还精确。我只能在面包上吻了又吻，又沿着那块掰开的面包的边儿尽可能当心地抠下一点儿。我就靠这么点东西挨过那一天，不像先前那样快活了。

可是我越来越饿，特别是因为我的胃前两三天已经习惯了多塞面包，这时就更加饿得难受。结果，只要家里剩下我一个人，我就什么也干不下去，只把箱子开来开去，望着小孩子们说的“上帝的脸”出神。而一向救苦救难的上帝见我这样受罪，便启示我，让我想出一个小小的补救办法。我心

---

① 仆佣的保护神。

里琢磨：

“这只箱子又旧又大，还有几个地方破了，破口虽然都很小，也可能使人想到有老鼠钻进去糟蹋面包。拿走整个面包不妥，因为那个让我挨这份饿的人马上会发觉少了面包。这个办法倒可以对付过去。”

于是我开始在破桌布上搓面包屑，搓完一个再换一个，从三四个面包上逐个搓下来一些面包屑，然后像吃糖豆那样把面包渣儿吃干净。我觉得好受了一点，可是我主人回来吃饭，一打开箱子就看到面包有残损，他准认为那是老鼠弄的，因为我把面包搓得和老鼠啃的完全一样。他把箱子从一头检查到另一头，看到一些洞眼，便以为老鼠是从洞眼钻进箱子的。他叫我过去，说：

“拉撒路，你瞧瞧！咱们的面包昨天夜里给糟蹋成什么样子了！”

我做出大吃一惊的样子，问他是怎么搞的。

“还会是别的？”他说，“准是老鼠，老鼠什么都糟蹋。”

我们开始吃饭，上帝保佑我这次又捞到好处：我那天得到的面包比他平时给我的那一点可怜的面包要多，因为他用刀子把他认为是老鼠啃过的地方都切了下来，对我说：

“这些你吃了吧，老鼠是干净东西。”

这样一来，那天我又得到了一份靠我用双手（或者说两爪）辛劳得来的额外口粮，那餐饭就算吃完了，虽然我好像刚刚动了动口。

接着我又给吓了一跳，因为我看见他忙着从墙上起钉子，又找来一些小木片儿，把那个旧箱子上的窟窿全部钉死。

“我的上帝啊！”我当时说，“活在世上得经受多少苦难、不幸和灾祸呀！在我们艰辛的一生中，欢乐又是多么短暂呀！我刚想出这么一个可怜的补救办法来解难，正为交上好运而稍感快乐时，厄运又来作梗，使我那个小气主人有了提防，变得比以前还勤快（的确，吝啬鬼多数都不懒）。他现在把箱子上的洞眼一钉死，可就关上了我找补的大门，打开了我受苦受难的门。”

就在我这样哀叹的时候，那个勤快的木匠已经用许多钉子和小木片儿完成了他的活计，还说：

“害人的老鼠先生们，你们现在该另作打算了，在这间屋里，你们捞不到好处！”

他一出家门，我就去看他完成的活儿，发现他把那只倒霉的破旧箱子的每个洞眼都堵严了，连蚊子也甭想进去。我用我那把不起作用的钥匙打开箱子，不抱任何揩油的希望，可是一见那两三个已经动过的面包——就是我主人以为老鼠啃过的那几个，我还是从上面搓下一点渣儿，动作就像老练的击剑手那样灵巧。“饿急生智”，我因为总是挨饿，所以日夜琢磨填肚皮的办法。我想是饥饿给了我启示，我才找到这类倒霉的办法。因为俗话说，饿肚子使人机智灵敏，饱肚子使人迟钝呆滞，我的情况恰好是这样。

有一天夜里，我来回想着这事没法合眼，正琢磨怎样才能利用那只箱子，发觉主人睡着了——他的鼾声和他睡着时常常发出的粗重的呼吸声都表明了这一点。我悄悄起来，白天我早已盘算过该怎样下手，还把一把旧刀放在好拿的地方，这时我便朝箱子走去，朝我事先看好的最易下手的地方，像使钻那样把刀子钻了进去。那只旧箱子用的年头太久，刀子戳下去就发觉木头很糟，而且都朽了、蛀了。它立即被我征服，听凭我在一边钻出一个救我命的洞眼。干完这个活儿之后，我又轻轻地打开那个满身疮疤的箱子，摸到那个已经掰过的面包，又照前面说过的样子弄了点儿面包屑吃。这样我觉得好受了些，便重新锁好箱子，回到我那堆稻草上躺下睡了一会儿。

我睡得不踏实，心想一定是没有吃饱的缘故。这是不会错的，因为那时候我决不会为法兰西国王的烦心事而失眠的。

第二天，我主人一看见我揉搓过的面包和箱子上钻的洞眼，就大骂老鼠，还说：

“这是怎么搞的？以前这屋里从来没闹过老鼠，怎么现在有了呀！”

他说的肯定是实话，因为整个王国要是有不招老鼠的人家，那肯定就是他家，因为老鼠决不会到没有东西可吃的地方落脚。他又在屋里和墙壁上找钉子和木片儿，重新把洞眼堵上。晚上等他一睡觉，我立即起身拿起我的家伙，把他白天堵的洞眼一个个捅开。

我们俩就这样劲头十足地对着干，毫无疑问，这就是俗话所说的："这扇门关上了，另一扇就开了。"[①]我们俩就像折腾珀涅罗珀[②]的那块布一样，他白天"织"多少，我夜里就拆多少。没过几个日夜，我们俩就把那个倒霉的食品箱子弄得不成样子，上面钉满大大小小的钉子，要我说那不像是箱子，倒像古代的铠甲。

他一看修补箱子无济于事，便说：

"这只箱子全坏了，木头已经到年头，都烂了，根本防不住老鼠。到了这种地步，再折腾下去我们的东西都保不住了。不过，更要命的是，虽然它不大管用，可没有它还不行，除非我掏出三四个银币去另买一只。我用过的办法都不管用，我看最好是在箱子里安上夹子来对付这些该死的老鼠。"

他马上借来一个老鼠夹子，又向邻居要了点儿干酪的硬皮钩在上面。支好机关的老鼠夹就一直放在箱子里面。这对我可是个特殊的照顾，因为尽管我平时吃饭不需要很多调味汁，可是能从老鼠夹子上取出干酪皮我还是蛮高兴的。就这样，我也没饶了面包，还是像老鼠那样把它啃掉了一层。

他发现面包被啃，干酪也给吃掉，可就是没逮到偷食的老鼠，气得要死，就去问邻居为什么干酪给吃掉或给叼走，老鼠夹子上的机关也合上了，但是老鼠却没逮着。

---

① 西班牙谚语，意为"天无绝人之路"。

② 典出希腊神话：俄底修斯忠实的妻子珀涅罗珀在丈夫去特洛伊远征时，拒绝了无数的求婚者，声称须待她织成布后再出嫁，她白天织的布晚上拆掉，一直等到丈夫的归来。

邻居们认为不是老鼠在捣乱，因为老鼠不会一只也逮不住。一个邻居对他说：

“我记得您屋里从前有过一条蛇，肯定是那蛇干的。这话是有道理的，蛇的身子长，叼钩子上的食饵时，就是给机关夹住，可因为身体没完全进去，就能退出来。”

大家都觉得那人说的有理，我主人听了很不安，从此他不像往常睡得那么死了。夜里哪怕有条蛀虫发出点声音，他都以为是蛇在咬箱子，立即爬起来，抄起一根大木棒——自从听了邻居的话，他一直把那根木棒放在床头——朝那个造孽的箱子猛揍，想把蛇轰跑。那响声震耳欲聋，闹醒四邻，弄得我也睡不成。他还走近我的草铺，把我和稻草彻底翻一遍，以为蛇会爬到我身边藏进稻草或我的衣服里，因为别人对他说，这种动物夜间为了取暖，有时会钻进婴儿睡的摇篮，甚至还会咬伤孩子。

我总是装着睡熟了，第二天天亮他问我：

“小伙子，昨天夜里你一点儿动静也没听到吗？我一宿都在抓蛇，还以为蛇准是钻到你的铺下面去了呢，因为蛇的血冷，总找暖和地方钻。”

“上帝保佑，别来咬我，”我说，“我最怕蛇了。”

他就这样心神不定，睡得很警醒，我敢说，那条蛇——更确切地说是那个“蛇公”——夜里既不敢去咬也不敢走近那只箱子；可是白天他去教堂或出门在外的时候，我就发起进攻。他看到损失这么大，他的办法又不顶用，就整宿折腾，简直变成了活鬼。

他这样不辞辛苦地逮蛇，我怕他会发现我的钥匙。原先我把钥匙藏在稻草下面，这会儿我想夜间还是放在嘴里最保险。自从跟了瞎子，我的嘴巴已经变成了口袋，有时一口可以含十四五个马拉维迪，而且都是换成半文的，那也不妨碍我吃饭。因为若不是这样，我连一个小钱都藏不住，全会给那个该死的瞎子搜去。他经常搜查我，把我衣服上的每一条缝和每块补丁都摸遍了。

所以我每天夜里都把钥匙含在嘴里睡觉，不必担心那个巫师样的主人会发现。可是该人倒霉的时候，怎么提防也是白搭。一天夜里我含着钥匙睡熟了，我的命运（或者说我的罪孽）让我睡觉时张着嘴巴，又使我呼出的粗气正好从钥匙管吹出去。钥匙本是个空心管子，于是在我厄运的摆布下，我就像吹哨似的发出很响的呼啸声，我那心神不宁的主人一听到，便认定是蛇在咝叫——那声音的确很像蛇发出的咝声。

他轻轻地下床，抄起木棒，循着蛇咝声，悄悄走近我，以免惊了蛇。一到我跟前，他以为蛇就钻在我身底下铺着的稻草里取暖，便高高地举起了大木棒。他想蛇就在下面，重重一击就可以把它揍死，便使足全身力气朝我的脑袋狠命打来，把我打得失去知觉，脑袋开花。

我挨了他那凶狠的一棒，一定痛得大叫起来，他发觉打中的是我，据他后来自己说，便凑近我大喊起来，极力想使我醒过来。可他用手一摸，摸到我血流不止，这才明白把我打坏了。他赶忙去找灯，拿灯一照，发现我在哼哼，嘴里还含着一把钥匙。这把钥匙我一直含着没丢下，钥匙的半截露在嘴外面，保持着我用它吹哨时的样子。

这位“斗蛇士”惊呆了，不清楚那把钥匙是什么东西，可是从我嘴里整个掏出来以后，他一看就全明白了，因为钥匙的榫槽和他那把不差分毫。他马上拿去一试，证实了是我捣的鬼。

那个凶狠的猎人当时准保这么说：

“跟我捣乱、偷吃我东西的老鼠和蛇可给我找到了。”

至于此后三天的情况，我全不清楚，因为我一直像闷在鲸鱼肚子里那样[①]。我上面讲的，全是我醒过来以后听我主人说的，因为不管谁来了，我主人就把这件事从头到尾细讲一遍。

三天之后我恢复了知觉，一看自己躺在那堆稻草上，头上敷满药膏，抹了许多油和软膏，吓得赶忙问：

“这是怎么回事儿呀？”

那个残忍的教士回答说：

“我可以肯定，糟蹋我东西的老鼠和蛇全给我抓住了。”

我瞧瞧自己，看到给揍成那副模样，当即猜到我又遭难了。

正在这时，进来一个会用巫术治病的老太婆和几个邻居。

---

① 据《旧约全书·约拿书》，先知约拿曾在鱼腹中待了三天三夜。此处是说拉撒路昏迷了三天三夜。

他们动手解下我头上裹的破布，给我治棒伤。他们见我恢复了知觉，都很高兴，说：

“上帝保佑，他醒过来了就没事了。”

接着他们谈起我的遭遇，边讲边笑，可我这个作孽的人，只能伤心落泪。虽然如此，他们倒是喂我东西吃，我当时饿得要命，那点东西只够我吃个半饱。就这样过了半个月，我总算能起床了，脱离了危险——但没脱离挨饿，伤也差不多好了。

我下地的第二天，我主人就拽着我的手，把我拖出门外，推到大街上，对我说：

“拉撒路，从今往后，你走你的路，跟我不相干了。你还是另找主人，趁早走开。我可不要与你这么‘勤快’的佣人相伴。你以前肯定给瞎子当过佣人。”

他同时对着我画十字，好像我身上附着魔鬼，他说完转身进屋，还把门闩上了。

第三章

拉撒路怎样投靠了一个侍从以及跟随他的遭遇

我只好咬紧牙关硬挺，靠着好心人的帮助，慢慢地来到了这座有名的托莱多城。到这儿以后，多亏上帝保佑，才过半个月，我的伤口就愈合了。在我伤口没好的时候，人们常常施舍我一点东西；可是我一复原，大家都说：

“你这滑头懒小子，去，快去找个好主人当佣人吧。”

我心想：“如果上帝现在并没有像创造世界那样造出一个这样的人来，我又能到哪儿去找呢？”

由于慈悲早就升了天[①]，所以我挨门乞讨很少得到施舍。正在这时，我碰上一位从那儿路过的侍从。他穿得体面，头发梳得整齐，走起路来不紧不慢。他看看我，我也瞧瞧他，他便问我：

“小伙子，你要找个主人吗？”

---

① 维吉尔和其他诗人都曾写过一手持剑、一手持天平的正义女神的故事，女神在黄金时代下凡，因见到城市和乡村中人们罪孽深重，迫不得已重新上天，成为室女星座。此处引用的就是这个典故。

我回答他说：

“是的，老爷。”

“那就跟我来吧，”他对我说，“是上帝保佑让你碰上我。你今天准是诚心诚意做了祈祷。”

我听了他说的话，又从他的衣着和派头看，觉得他正是我要找的主人，就一边感谢上帝，一边跟着他走了。

这第三个主人我是在早晨遇上的。他带着我走了大半个城，经过卖面包等食物的市场。我当时以为——甚至希望——他会在那儿买了东西让我扛回去，因为那会儿正是采购吃食的时候。可是他却大步流星地走了过去。

“也许这儿的东西他看着不中意，”我心想，“要到别处买去。”

我们就这样一直走到钟敲十一点，这时他进了大教堂，我也跟了进去。只见他非常虔诚地听弥撒，做各种日课，直到全部仪式完毕，人们都走光了，我们才离开教堂。

我们随即迈着大步顺一条大街走下去。我看我们不忙着奔吃的，真是高兴极了，因为我满以为我的新主人准是个成批买食物的人，我想吃而且十分急需的饭可能早已准备好了。

这时钟敲午后一点了，我们来到一幢房子跟前，我的主人停下来，我也跟着站住。他把披风下摆向左边一撩，从袖子里掏出一把钥匙开了门，我们就进屋了。那幢房子的门口黑洞洞、阴森森的，好像是要吓退迈进大门的人，房子里面倒有个小庭院，房间也还过得去。

我们进去后，他脱掉身上的披风，问过我的手是否干净，让我和他一道抖掉披风上的尘土，把它叠好，接着他把放在那儿的一条石凳吹得干干净净，把披风放在上面。这些都办停当之后，他坐在披风边，盘问我是哪儿的人，怎么来到那个城市。

我本不想多说话，因为我觉得那会儿应该是吩咐摆桌子上饭菜的时候，不该问我那些事。尽管如此，我还是向他叙述了我的身世。我尽可能编得很圆，尽拣好的讲，别的只字不提，因为我觉得那些事不登大雅之堂。他问过我以后，还那样坐了一会儿，我立刻看出苗头不对，因为已经快两点钟了，他还像死人那样没有一点要吃饭的意思。

此外，我还注意到大门已经上锁，房子里上上下下没有任何人走动的声音。屋里除了墙壁，连一把椅子、一个木墩、一条板凳、一张桌子都没有，连我先前那个主人的那种箱子也没有。一句话，那幢房子就像没人住的空房子。这时他却问我：

“小伙子，你吃过饭了吗？”

“没有，老爷，”我回答，“我遇上您的时候，还没到八点呢。”

“噢，那会儿虽然还早，可我已经吃过饭了。告诉你，我只要随便吃点东西，就可以一直这样待到晚上。所以，现在随你干点什么，吃晚饭还得一会儿呢。”

大人您可以料想，我一听这话险些昏倒，这不仅是因为饿，还因为我看清了我的命运总和我作对。过去的艰辛重又出现在我眼前，我为自己受的苦感到伤心。于是我又回想起在我打算离开那个教士时的顾虑，当时我想过，他虽然小气刻薄，可我说不定还会碰上一个更糟糕的。总之，那时我只能为自己受过的煎熬和面临的离死不远的苦日子而伤心。

虽然如此，我极力做出若无其事的样子，对他说：

“老爷，我虽然年岁小，可上帝保佑，并不贪吃。在这方面，同那些和我一般大小的孩子相比，我可以感到自豪，因为我的胃口最小，所以我从前的主人直到今天还夸我这个长处呢。”

“这可是一大美德，”他说，“为这个我会更喜欢你的。因为只有猪才想撑破肚皮，体面人吃东西是有节制的。”

“您的意思我早清楚啦！”我心想，“我找的这些个主人怎么都把挨饿当作该死的良药和美德呢！”

我往门廊边一靠，从怀里掏出几块面包，那是我讨饭时剩下的。他一看见，就对我说：

“小伙子，过来。你在吃什么哪？”

我走到他跟前，拿起面包给他看。他从我手里拿走一块，是三块当中最好、最大的那块，还对我说：

“天哪，看来这面包相当好。”

“那当然！”我说，“老爷，在这时候确实是好吧？”

“是的，确实好，”他说，“你从哪儿弄来的？揉面的手干净吗？”

“这我可说不清，”我说，“不过，对这面包的味道我不觉得恶心。”

“愿上帝保佑。”我那可怜的主人说。

他把那块面包送到嘴边，狼吞虎咽地吃起来，我则大口地啃着另外一块。

“上帝呀，”他说，“这面包香极啦！”

我明白他的毛病在什么地方，就赶紧吃。因为我看出他已经做好打算，一旦比我先吃完，就要主动帮我解决余下的面包。这样一来，我们俩几乎同时吃完。接着我主人用手掸掉落在胸前的一星半点碎面包屑，走进旁边的一间小屋子，拿出一个豁了口的、水装得不太满的罐子。他喝过之后，又让我喝。我故意做出有节制的样子，说：

“老爷，我不喝酒。”

“这是水，”他回答，“你尽管喝吧。”

于是我端起罐子喝水。我喝得不多，因为我并非口渴得难受。

他问东问西，我尽可能一一作了回答，我们俩就这样一直谈到晚上。这时他带我到那个放水罐的屋子，对我说：

“小伙子，你站在那儿，看好应该怎么铺床，以后你就会铺了。”

我站在一头，他站在另一头，两人一道铺那张使人心寒的床。床上没什么可铺的，因为它不过是几条板凳加上一张苇箔，上面是一床黑乎乎的褥子。那褥子很久没有洗过，看起来已经不成样子；虽说还在当垫子用，可是里面的羊毛实在太少。我们铺好褥子，想把它拍松，但是办不到，因为那么硬的东西没法弄松。那个倒霉的垫子里没絮什么鬼玩意儿，一放到苇箔上，苇子一根根顶出来，活像一头瘦猪的脊梁。在那条空心褥子上面，还有条毯子，也是同样货色，它的颜色我就说不准了。

铺好床，天就黑了。他对我说：

“拉撒路，天已经晚了，从这儿到市场有很长一段路，而且这个城里有很多盗贼，一到天黑，他们就出来抢过路人的披风。咱们凑合一晚，明天天一亮，上帝会给咱们恩典的。我是单身一人，所以没准备吃的，这些日子我都是在外面吃饭。不过，现在咱们得另作打算了。”

“老爷，”我说，“您一点也甭为我操心，因为在必要的时候，别说一夜，就是几夜不吃，我也过得去。”

“你准会越活越壮实，”他回答我说，“今天我们不是还说过，世上再没什么妙法比少吃更能使人长寿的了。”

“这法子要真行，”我想，“那我就永远不会死了。因为我一直被迫遵守这个规矩，而且不幸的是我这一辈子看来都得照这样活下去了。”

他上床睡下，拿裤子和上衣当枕头。他叫我睡在他脚边，我照办了。可这一宿我真睡得难受极了，因为芦苇秆和我身上凸出的骨头整夜都在不停地格斗，打得不可开交。由于长年积劳、遭罪和挨饿，我想我全身的肉加起来也没几两。而且那天我差不多没吃东西，饿得发疯，饥肠跟睡眠可没有交情。我千遍万遍地咒骂自己——愿上帝宽恕我——和我那糟透了的运气，一直骂了大半夜。尤其糟糕的是，我怕惊醒他，都不敢翻身，只好一再求上帝让我干脆死掉算啦。

天一亮我们就起床了，他把裤子、上衣、外套和披风一一抖干净。我呢，就在一旁恭恭敬敬地伺候。他不慌不忙、洋洋自得地穿好衣服。我给他倒洗手水，他梳好头，把剑挂到腰带上，一边挂，一边对我说：

“咳！小伙子，谅你不知道这是件什么样的兵器！就是拿全世界最大的金块来，我也不换；安东尼奥[①]打了那么多宝剑，也没有一把比得上我这把剑的钢好。”

他从剑鞘里抽出剑来，用手指摸了摸，说：

“你瞧见了吗？我担保一束羊毛一碰就断。”

可我心里想：“凭我这副牙齿，虽说不是钢打的，也能一口咬断四磅重的面包。”

他把剑重新插入剑鞘系好，又系上佩剑皮带上挂着的一串大念珠。他挺直身体，迈着方步，神气活现地晃着身子和脑袋，把披风的下摆时而甩到肩上，时而夹在胳臂下面，右手叉着腰，走出大门，临走对我说：

“拉撒路，我去听弥撒，你看好家，把床整理好，再拿水罐去河边打水，从这儿往下走几步就到河边了，出去时要用

---

① 十五世纪末的铸剑名手，被称为“伊莎贝尔女王（一译伊莎贝拉）之剑”的著名宝剑就出自他的手。

钥匙锁好门，别让人闯进来偷了东西。你把钥匙放在门旮旯那儿，我要是先回来，也好进门。”

他顺着街往上走，气度不凡，不认识他的人准以为他是阿尔科斯伯爵①的近亲，或者至少是伯爵的贴身侍从。

“神圣的上帝啊，”我待在那儿寻思，“您一边让人害病一边给药！看到我主人这么兴冲冲的，谁都会以为他昨天晚上美餐了一顿，又在舒适的床上安睡了一夜，这会儿虽然还早，却已美美地吃过早餐了呢？上帝啊，您的奥秘无穷，世人却是一无所知！我的主人那么得意洋洋，上衣和披风穿得整整齐齐，谁能不受他蒙蔽呢？一个这么神气的人，昨天要不是靠他的佣人拉撒路乞讨来的那块干面包就得整天挨饿——这块面包在拉撒路的怀里揣了一天一夜，而那怀里可谈不上干净；今天洗手洗脸的时候，因为没有毛巾，他只能撩起衣襟来擦；这些谁又能料到呢？任谁也想不到啊。上帝啊！类似这样的人物，您在人世间撒下的该有多少呀！他们为了倒霉的所谓体面可以活受罪，可是为了您就不肯忍受了。”

我在门口反复琢磨诸如此类的许多事，一直看着我的主人走出那条细长的小街。我见他出了巷子，便转身回屋。一转眼的工夫，我就在房子里上上下下转了一遍，结果一无所获，而且也没什么可下手的。我把那张倒霉的硬邦邦的床整理好，拿起水罐，走到河边。在那儿，我看见我主人正在菜

① 有的版本写作克拉罗斯伯爵。

园里起劲地同两个戴面纱的女人调情。看来这两人是常去河边的那种女人。当地许多女人常在夏天清晨去凉爽的河边乘凉、吃早饭，可又不带任何吃的，因为她们认定总会有人请她们吃，这是当地的绅士们使她们养成的习惯。

我主人在她们面前，恰如我说的，简直成了一个多情的马西亚斯[①]，对她们说的甜言蜜语比奥维德[②]写的还多。她们觉得他已经动情，就厚着脸皮要他请她们吃饭，她们会按习惯的方式回报他。

可是他当时钱袋冰凉、肚子里倒饿得火烧火燎，这一冷一热，害得他像得了寒热症，脸色大变，说话结结巴巴，支吾其词。

那两个女人准都是行家，一看出他的病根，明白他是什么人，就扭头不理他了。

我呢，这时已经吃了些卷心菜帮子当早饭。因为是新佣人，我赶忙回到家里，免得主人看见。屋子早该打扫了，我本想打扫一下，可是没找到干活的家伙。我寻思着干什么才好，觉得还是等主人中午回来再说；他要是回来，说不定会带东西回来，我们也好吃一顿。但是我的想头不过是一场空。

我见都两点钟了他还不回来，肚子饿得直叫，就锁上大门，把钥匙放到他指定的地方，又去干我的老本行了。我专

① 十四世纪的行吟诗人，是个多情种，被其情人的丈夫所杀。

② 奥维德（前43—17），古罗马诗人，代表作《变形记》叙述希腊、罗马神话故事。著名作品还有《爱经》、《悲歌》（一译《哀怨集》）等。

找高门大户乞讨，声音低沉凄苦，两手放在胸前，两眼望着苍天，嘴里叫着上帝的名字；我可能因为在吃奶的时候就学会了这一行，或者说，我因为得到过那个瞎子大师的真传，成了他的高徒，所以尽管当地人不好施舍，年成又不大好，可我自有高招儿，结果不到四点钟，就已经有四磅面包吃进肚里，另有两磅多的面包掖进袋子和怀里。我转身回家，路过杂碎店的时候，我向店里一个女人伸手乞讨，她给了我一块牛蹄和一些煮熟的下水。

我到家的时候，我那位好主人已经在家里了，他已把披风叠好放在石凳上，正在庭院里踱来踱去。我一进门，他迎了上来，我寻思他要骂我回来晚了，但是上帝另有安排。

他问我从哪儿回来。

我对他说：

“老爷，我在这儿等到两点钟，看您还不回来，就去城里求好心人关照。您看这就是他们给我的。”

我把衣襟兜着的面包和杂碎拿给他看，他立即换了好脸色，对我说：

“我可是等着你回来吃饭，见你不回来就先吃了。你这么做说明你是个正派人，宁肯靠上帝慈悲求人施舍，也不去行窃。我觉得你做得不错，但愿上帝也来帮帮我。只是我要叮嘱你别告诉旁人你跟我住在一起，这事关系到我的面子。不过我深信这事别人不会知道，因为此地认识我的人很少。我可真不该到这儿来呀！”

“老爷，这个您放心，”我对他说，“肯定不会有人来问我，我也不会对外人说。”

“好啦，可怜的人儿，现在你吃吧。要是上帝开恩，我们也许很快就不用发愁了。可我要告诉你，自打住进这个房子，我就没过过好日子。可能是因为风水不好，有的房子不吉利，风水坏，谁住进去谁就倒霉，这所房子肯定就是这一类的。不过我担保，过了这个月，即使把这房子白送给我，我也不住这儿了。”

我在石凳的一头坐下，为了不使他认为我贪吃，没说自己已经点补过了。我拿着面包和杂碎大啃大嚼起来，同时偷偷瞟着我那个不走运的主人，只见他两眼死死地盯着我的衣兜，衣兜里当时盛着我吃的东西。那会儿我真可怜他，但愿上帝也同样可怜我。因为我清楚他当时心里的滋味，那滋味我是尝惯了的，而且天天难免。我心想要不要客气一下请他一道吃，但是他说了已经吃过饭；又怕他不肯接受我的好意。不管怎样，我还是希望那个倒霉的主人能依靠我救救他的难，像前一天那样吃点东西。尤其是这天的机会好：不仅吃食好，我自己又不那么饿。

上帝成全了我的心愿，我想那也是他的心愿，因为我刚一动嘴，他就慢慢凑到我身边，对我说：

“我说，拉撒路，你的吃相真好，我这一辈子从没见过有谁比得上你，见了你的吃相，没胃口的也会给你勾起胃口来。”

“那是因为你的胃口太好了，”我心里说，“才会觉得我的吃相好。”

尽管如此，我想还是应该帮他一把——既然他自己在找台阶下，而且让我给他递梯子——于是我就对他说：

“老爷，工具好，手艺才会高。这面包香极了，牛蹄也烧得好，谁闻了都想吃。”

“是牛蹄子吗？”

“是的，老爷。”

“你听我说，这可是世上最好吃的东西，我觉得山鸡都不如它的味道好。”

“老爷，您尝尝就知道味道怎么样了。”

我把牛蹄放到他的手爪上，另外还给了他三四块最白的面包。他在我身边坐下，狼吞虎咽地吃起来，把每一小块骨头啃了又啃，比猎兔狗啃得还干净。

“要是再加上点儿奶酪蒜油，”他说，“就是独一无二的美味了。”

“你这会儿就着吃的叫作饥饿的调味品才叫好呢！”我悄悄说。

“上帝呀，我吃得真香，就像是今天一口东西都没吃过似的。”

“这是肯定的，但愿我以后的日子也像今天这事一样肯定。”我心里想。

他向我要水罐，我把水罐递给他，罐里面的水和我打回来的时候一样多，可见我主人原没吃什么饭。我们喝过水，心满意足，就像头天晚上那样去睡觉了。

闲话少说，我们就这样过了八至十天，我那造孽的主人每天上午仍然得意地迈着方步在街上喝清风，靠我这个可怜的拉撒路讨几口吃的来糊口。

我时常想到自己的不幸：我离开了从前几个小气主人，想改善一下处境，结果却碰上这个不仅不能养活我，反而靠我养活的主人。尽管这样，我还是喜欢他，因为我看得出他确实是一无所有，无能为力。我不恨他，倒是可怜他。为了能带点儿东西回家给他充饥，我自己常常挨饿。

一天早晨，这个苦命人穿着衬衣上顶楼去解手，我为了弄个明白，就乘机翻遍他放在床头的上衣和裤子，但只找到一个皱皱巴巴的丝绒钱袋，里面连个镚子儿的影子也没有，而且看来早就是空的了。

“这个人是真穷，”我想，“谁要是一无所有，自然拿不出什么给别人；不像那个刻薄的瞎子和那个缺德的小气教士，虽然上帝给他们俩恩典，教一个靠施主吻手布施过活，另一个靠随口念咒吃饭，他们俩却把我饿得要死。所以，恨那两个人，可怜这个人，是理所当然。”

上帝可以替我作证，时至今日，每当我碰上像他那样打扮、神气活现的人，一想到这人是不是也在受我主人那份罪，便会生出恻隐之心。因此，虽然他身无分文，但是出于上面的想法，我伺候他倒比伺候那两个人更高兴。我对他只有一点不满意，就是希望他不要那么装腔作势；日子苦成这样，也该少摆点架子。不过，我认为那是他们那种人普遍恪守的规矩：尽管身上连个小钱都没有，派头还是不能丢。愿上帝救救他们，否则他们到死也改不了这种毛病。

这就是我那会儿过的日子。虽然我的处境那么差，可厄运仍不放过我，连那么艰难、不体面的生活也不许我多过几天。那年当地麦子歉收，市政府通过决定，驱逐所有外乡来的穷人，并派报子吆喝通告，往后若发现这种人，就要用鞭子抽打。口头告示发出后第四天开始执行那条法令，我看见一串串的穷人从四条大街上给带走，边走边挨鞭子，这可把我吓坏了，我再也没敢违令出去讨饭。

我们在家忍饥挨饿，两个人愁眉苦脸，沉默寡言，甚至一度两三天一口东西不吃，一句话不说，如果有人见到当时的情景就好了。是几个纺纱女工使我保住了性命。她们是做圆帽的，住在我们隔壁，我跟她们有来往，相互认识。她们把挣来的那一点儿吃的，挤出一口给我；我就靠这点儿吃的半饥半饱地勉强活着。

我对自己倒不如对那个可怜的主人更同情：他八天没吃过一口东西——至少那几天我们在家里绝没吃过东西。我不清楚他的情况，也不知道他去了什么地方，吃过什么东西，只看见他中午从街上回来，身子抻得老长，比纯种猎兔狗还细长！

而且，为了他们所说的倒霉的“体面”，他还从家里不多的麦秸里抽出一根，到大门口去剔牙，其实牙缝里根本没东西。他还在抱怨房子的风水坏，说：

“晦气全是这倒霉的房子带来的，这房子看着就不痛快。你瞧，又阴暗又凄凉。咱们只要在这儿住下去，就得受罪。我巴不得这个月快点过去，好离开这儿。”

就在我们受罪挨饿的日子里，有一天，我不知道我那穷主人交了什么好运，捞到一个银元。他拿着那个银元回到家，得意洋洋，就像得了全威尼斯城的财宝。他眉开眼笑地把钱交给我，说道：

“拉撒路，拿去，上帝对我们慷慨起来了。你去市场买些面包、酒和肉来，叫魔鬼看了都眼红！另外我还告诉你一件事，让你高兴高兴：我已经另外租到了房子，这个月底一到，咱们就再也不住这倒运的房子了。让这房子连同铺第一片瓦的人都见鬼去吧，我住进这儿算是倒大霉了！我敢对上帝起誓，自从我住这儿以后，就没喝过一滴酒，没吃过一口肉，也从来没舒心过。瞧这房子的样子，多阴暗，多凄凉！你快去快回，咱俩今天要像伯爵一样美餐一顿。”

我接过银元，拿起罐子，脚底生风似的顺着小街往上走，直奔市场而去，心里高兴极了。可是又有我什么好呢？我命里注定受苦，一有好事先得遭罪。这次也不例外。我正沿街往上走，边走边盘算着怎么花那个银元更好、更实惠，并一再感谢上帝让我主人发了财，突然有几个教士和一群人抬着一个死人迎面走来。

我贴紧墙根给死人让路。死人过去后，紧跟着走来一个一身黑衣的女人和陪着她的其他许多女人，那人准是死者的老婆，她边哭边号：

“我的丈夫呀，我的当家的呀！他们这是把你往哪儿抬啊？准是去那个凄凉、阴暗的房子啊！那儿可是又没吃又没喝的哟！”

我一听那话，当即觉得天塌地陷，不禁说道：

“唉！我怎么这样背运呀！原来他们是要把死人往我家里抬呀！”

我不再往前走了，掉头从人群中钻过去，撒开腿顺着原路跑回家。我一进屋，连忙插上大门，一下子抱住我主人求他帮我守住大门。他以为出了什么事，也沉不住气了，赶忙问我：

“小伙子，这是怎么啦？你干吗这么叫喊？出什么事了？你干吗发疯一样地关大门？”

“啊呀，老爷！”我说，“您快过来帮忙啊，他们正往我们这儿抬死人哪！”

“这是怎么回事？”他问。

“我是在附近碰见那个死人的，他老婆一个劲儿地说：

‘我的丈夫啊！我的当家的呀！他们这是把你往哪儿抬呀？准是去那个凄凉、阴暗的房子啊！那儿可是又没吃的又没喝的哟！’老爷，他们是要把死人抬到我们这儿来呀。”

我的主人虽然没什么可开心的，可是一听这些话，笑得好长时间说不出话来。这当儿，我早把门闩上，为了更加牢靠，还用肩膀顶住门。那群人抬着死人走过去了，可我还担心他们会把死人抬进我们住的房子里来。我那好主人虽然没有饱餐一顿，却笑了个够，然后对我说：

“拉撒路，照那个寡妇说的话，你刚才这么想确实有道理。可是上帝有更好的安排，他们已经过去了。去，把门打开，去买点吃的吧。”

“老爷，等他们走出这条街再说。”我说。

后来我主人走到大门口，见我吓得脸都变了颜色，便一边给我壮胆一边开了门，打发我再次上街。尽管那天的饭食很好，可我连半点胃口都没有，而且一连三天我的脸色都没恢复。不过我主人每想起我那天的话来，就开怀大笑。

我就这样跟着我的第三个倒霉的主人——就是那个侍从——过了一些日子，我天天都想弄清楚他来这儿落脚的原因，因为从我给他当佣人的第一天起，我瞧他在当地没什么熟人，和当地人很少来往，就知道他是外地人。

我终于解开了我的疑团，了解到我想知道的情况。有一天我们吃得不错，他心气顺了，就向我讲了他本人的事情。他告诉我，他是旧卡斯蒂利亚人，只是为了不向他的邻居——一个骑士——脱帽行礼，才离开了家乡的。

“老爷，”我说，“他要是像您说的是个骑士，又比您有钱，您不先向他脱帽行礼，那不是您的不周了嘛，何况您说他也向您脱帽行礼呀。”

“他确是像我说的那样，是比我有钱，也向我脱帽行礼。可是，每次都是我先向他脱帽，哪怕他有一次客气点儿先向我脱帽行礼也好呀！”

“老爷，”我对他说，“我对这种事就不会去计较，尤其是对那些身份比我高又比我阔的人，就更不在乎了。”

“你是个孩子，”他回答我说，“还不懂什么叫体面，如今上等人都把体面当作自己的全部本钱。我告诉你说——你一定也知道——我是个侍从，我敢指天发誓，如果我在大街上碰到一位伯爵，他不把帽子完全摘下来好好行礼，那下次再碰见，不等他走近，我就会假装有事走进别人家里，要是有别的路，我就一闪身拐过去，反正不能再向他脱帽行礼了。一个绅士除了对上帝和国王之外，不向任何人低头，一个上等人要有片刻不顾自己的身份都不行。记得有一天，我在家乡训斥了一个手艺人，甚至还要揍他，因为每次碰见他，他总冲我说：‘愿上帝养活您。’我对他说：‘你这个臭乡巴佬，怎么没一点教养？怎么能对我说这种话，好像我是个无足轻重的小人物呢？’从那以后，无论在什么地方，他一见我就脱帽行礼，说话也有分寸了。”

“跟人见面打招呼的时候说‘愿上帝养活您’，不是很有礼貌吗？”我问。

“哎，你可得当心！”他说，“对身份低的人才这么说；对像我这样有地位的人，只能说：‘大人，吻您的手’，即使对我说话的是个骑士，起码也得说：‘老爷，吻你的手。’所以我家乡的那个人总对我说什么养活我，真叫人受不了，国王以下，我不容忍任何人对我说‘愿上帝养活您’，过去不行，将来也不行。”

“我的天哪，”我心想，“难怪上帝不把养活你这件事挂在心上呢，因为别人求上帝养活你，你不允许嘛。”

“况且，”他接着说，“我又不是连块房基地都没有的穷光蛋，我家乡的那块房基地上要是能盖起像样的房子来，地段要是能从我出生的地方挪上十六里格[①]，挪到巴利阿多里德的哥斯达利亚区，而且房子又大又漂亮的话，准能值二十万马拉维迪。我还有一座鸽子房，要是没倒塌，每年能出二百多只小鸽子。别的东西我就不说了。我扔下这一切，就是因为事关我的体面。我到这个城来，本来以为能找个体面的差事，可是结果事与愿违。在这儿，受俸教士和神职人员倒是不少，可这些人都是死脑筋，谁也没法使他们变通一点儿。有些家境一般的骑士也找过我，可是伺候这种人太吃力，你必须变成万能工具，要不他们就叫你卷铺盖。而且工钱总是长期拖着，十有八九只管饭不给工钱。即使他们觉着过意不去，想酬劳你流的汗水，也不过是从屋里拿出一件汗迹斑斑的上衣、破披风或外衣来打发你。要是能跟上一个有爵位的老爷，这苦日子还能凑合着过下去。因为凭我的能力，难道还不能让这些老爷舒心满意吗？看在上帝的份上，我要是碰上一位这样的主人，我想我准可以成为他的亲信，鞍前马后为他张罗，因为我也会像别人那样谄媚阿谀哄他高兴。尽管他的言谈和

① 此处指西班牙里，每西班牙里为5572.7米。

举止并不高雅，我也报以笑脸表示非常赞赏。我绝不对他讲不中听的话，哪怕这些话对他很有好处。当着他的面，嘴和手脚都要非常勤快；他看不见的事，我决不费力气下功夫。要在他听得到的场合训斥佣人，好显得我对他的事非常尽心；如果他训斥佣人，我就在一旁加上几句尖刻的话，引他发火，表面上则像是替挨训的人说话。凡是顺他心气的，我就说好；反之，我就恶言恶语地挖苦，不管是对家里的人还是对外人我都在背地里褒贬；要削尖脑袋去打听别人的隐秘，好讲给他听。这一类逢迎讨好的做法还有许多，如今在达官贵人府里很盛行，主子们也喜欢这一套。他们不喜欢让规规矩矩的人伺候，甚至讨厌这样的人，看不起他们，说这样的人窝囊，不会办事，雇用这种人，做老爷的没法放心。所以，就像我说的，精明人现在都用我说的这套办法来伺候他们；只是我的流年不利，找不到这样的主人。”

我主人就这样一边对我说他多有本事，一边抱怨自己背时。

我们正谈着，门外进来一个男人和一个老太婆。那个男的向他要房租，老太婆向他讨租床的钱。他们把账一算，我主人两个月欠的恐怕比他一年的收入还多。我现在还记得一共是十二三个银元。他回答得非常痛快，说他得去市场换一个大金币，叫他们下午再来。可是他一去，人和钱都没见回来。

他们下午再来，可已经晚了。我对他们说主人还没有回来。天都黑了，他也没露面。我一个人留在家里觉得害怕，就去找那几个女邻居，把情况告诉她们，在她们那儿过了一夜。

天一亮，讨债的又来找我的主人，他们找到我借宿的那家，打听他的下落。那几个女人回答：

“这是他的佣人和大门的钥匙。”

他们追问我他在哪儿，我说不知道，并告诉他们自从他出去换钱就一直没回过家，看来他就此把我也把他们都甩了。

他们听我这么说，就去找差役和公证人，不一会儿工夫，就把那两位找来了；他们拿起钥匙，叫上我，又叫来几个见证人，开门进屋，打算查封我主人的财物，好用来抵债。他们搜遍全屋，结果就像我说的，发现屋子里空空如也，就问我：

“你主人的财物，什么箱子啊，挂毯啊，家具啊，都弄到哪儿去了？”

“我可不知道。”我回答他们。

“准是昨天夜里给搬到别处去了，”他们说，“差役老爷，您把这小子抓起来，他知道东西在哪儿。”

差役马上过来一把拽住我的衣领，说：

“小伙计，你要是不说出你主人的东西在什么地方，就把你关起来。”

这种阵势我从来没碰到过（虽说以前给人抓住衣领是家常便饭，可那是为了给那个瞎子引路，并没有死抓着不放），所以我吓坏了，哭着向他们保证问什么我就回答什么。

“那好，”他们说，“那你就把你知道的都说出来，不用害怕。”

公证人在石凳上坐下，准备开清单，问我主人都有哪些家当。

“各位老爷，”我说，“我这个主人的财产是块很好的房基地和一个倒塌的鸽子房，这是他自己对我说的。”

“那好，”他们说，“虽然这些东西值不了几个钱，不过也够还我们的债了。”他们接着又问：“这东西现在在城里的什么地方？”

“在他老家。”我回答。

“上帝呀！这事可真有意思，”他们说，“他老家在哪儿？”

“他跟我说他生在旧卡斯蒂利亚。”我回答。

差役和公证人都大笑起来，说道：

“他招供的这些，足够顶你们的债了，哪怕再多也够了。”

女邻居们当时在场，都说：

“各位老爷，这个孩子无罪，他跟随那个侍从没几天，他主人的事他知道的不比您几位多。这小孩常到我们家来，我们看在上帝面上，能给他点什么吃的就给他点儿什么，到了晚上他就回去跟他主人睡觉。”

他们见我确实无罪，就放了我。可是差役和公证人向那个男人和老太婆要酬金，于是他们大吵起来。一方争辩说他们不该缴费，因为屋里一无所有，无须查封。另一方说，他们为了处理这件事，把别的更要紧的事都搁下了。

他们吵嚷了好一阵子，最后一个捕快拿走了老太婆的旧毯子，尽管他一个人拿着并不重，可是五个人都吵着拥了上去。我不知道那事的结果，不过我估计是用那条倒霉的毯子抵了他们大家的账。那条毯子派这用场正好，因为过去一直给人租来租去，早就支持不住，该彻底休息了。

正如我上面讲述的，我这第三个可怜的主人就这样离开了我。我也终于明白了我的命就是不好，因为什么都跟我过不去，我的事竟颠三倒四到了这种地步：惯常总是佣人被主人家打发，可我的情况正好相反，主人扔下我，他自己倒跑掉了。

第四章[①]

拉撒路怎样投靠了施恩会的一个修士以及跟他的遭遇

我只好再去找第四个主人，这一个是施恩会[②]的修士，是我说的那几个女人让我去找他的。她们只说是她们的亲戚。这个修士非常厌恶唱诗班，也不爱在修道院里吃饭。他特别喜欢在外面闲逛，最热心世间俗事，爱串门子。所以我想，全修道院的人穿破的鞋也不如他一个人磨破的多。我这辈子穿坏的头一双鞋就是他给的，那双鞋我只穿了八天就没法穿了，而且我也没力气继续跟着他到处转悠了。由于这个原因及其他一些我现在不想说的小事，我离开了他。

① 这一章显然因有反教会的内容而遭删节。

② 1218年创建于巴塞罗那，专为从摩尔人手中赎回被俘的基督徒募捐。

第五章
拉撒路怎样投靠了一个十字军免罪符推销员以及跟他经历的种种事情

我有幸碰到的第五个主人，是个兜销十字军免罪符[①]的。像他那么厚颜无耻、善于兜销的人，我过去没见过，以后也不会遇到，而且我想世上谁也不会见过这样的人。因为他不仅点子多，而且想出来的花招都与众不同。

他每到一处推销免罪符，总是先向当地的教士、神甫们送一些小东西。东西都不贵重，没有什么价值，如一根穆尔西亚产的莴苣；赶上季节，就送一两个柠檬或橙子，蟠桃或蜜桃，要不就送每人一个绿皮梨。他这样拉拢他们，好让他们帮他办事，号召教民来买免罪符。

他们来向他道谢的时候，他就试探他们有多大学问。如果他们说他们懂拉丁文，他为了不出纰漏，就不吐一个拉丁语词，只用一口文雅、纯正的卡斯蒂利亚语侃侃而谈。如果

① 即向参加十字军远征者颁发的宽恕其罪行的圣谕，购买此种圣谕以资助圣战者也可以获得教皇的赦免。

他知道他们没什么学问（就是说不是凭学识而是用钱和一纸主教准入书得到教职的）就在他们面前装得像个圣托马斯[①]，可以一连讲两个小时的拉丁语——虽然不是真的拉丁语，但至少听起来像是那么一回事。

如果人家不情愿买他的免罪符，他就想办法硬要人家买，有时纠缠不休，有时还挖空心思耍些花招。我看见他使过的花招实在太多，说起来难免啰唆，所以只举一个最妙、最有趣的例子来证明他的能耐。

在托莱多的萨格拉一带，他先照例行事，宣讲了两三天，可就是没人买免罪符，而且我看人家连一点儿买的意思也没有。他气得直骂街，同时考虑对策，决定第二天召集居民，向他们推销。

那天晚上吃过晚饭以后，他和差役赌牌，说好以一餐夜点为赌注。他们赌着赌着吵了起来，相互破口大骂。他骂差役是贼，差役骂他是造假货的。我的主人——十字军免罪符代销员——一听这话，当即抄起放在他们赌牌那间屋子门口的一杆长矛，差役就要拔腰上挂着的剑。

客店里的旅客和邻居们听到吵闹声，都赶来劝架。他们俩火冒三丈地挣脱劝架的人，好拼个你死我活。可是闻声赶来的人越来越多，屋里挤得满满的。他们俩看没法交手，就

---

① 托马斯·阿奎那（1225—1274），中世纪神学家和经院哲学家，主要著作为《反异教大全》和《神学大全》，他的哲学和神学体系叫作托马斯主义。

互相臭骂起来。差役骂我主人是骗子，还说他推销的免罪符是假货等等。

最后，大家看到实在没法使他们和解，就决定把差役从客店拉到别处去。这样只剩下我主人一个人了，可他还在生气。旅客和邻居们劝他消消气，还劝他去睡觉，他就去睡了，于是我们大家也都上床睡下。

第二天早上，我主人去了教堂，叫人敲钟做弥撒，要为推销免罪符讲道。镇上的人都来了，他们小声议论免罪符的事，说那是假的，是差役本人在吵架时揭了底。因为这个缘故，人们不仅不想买，还打心眼里厌恶。

推销员走上讲台，开始宣讲免罪符会带来的众多好处和免罪的效用，劝大家千万不要错过。

他正讲得起劲，那个差役从教堂门口走进来。差役先做祷告，然后站起来，提高嗓门，开始不紧不慢、心平气和地说：

“好心的人们，请你们先听我一句，以后你们想听谁的就听谁的。我是同这个向你们宣讲免罪符的家伙一道来此地的。他骗了我，叫我帮他干这桩买卖，赚头两人分。可是我现在看到这样做有损自己的良心，又害你们破财，我后悔干那种事，故特意向你们声明，他推销的免罪符是假的，你们不要相信，也不要买。至于我，不管是直接或是间接的，都不参与此事，而且从现在起放下我所执之杖，把它扔在地上。如果将来有一天这个家伙因为造假受惩罚，请你们为我作证，证明我既不是他同伙，也没给他帮忙；相反，是我不让你们上当，揭穿他干的坏事的。”

差役把要讲的话都讲了。在场的几个体面人为了避免闹出乱子，想站起来把差役赶出教堂。我主人却加以制止，要大家不要阻拦那个差役，让他把话说完，否则革除教籍。刚才在差役说上面那些话的时候，他一直默不作声。

差役说完，我主人问他还有什么没说的，要他尽管都说出来。差役说：

“关于你这个人和你造的假，要说的话多着呢；可我现在先讲到这儿为止。”

这时，推销员在讲道台上双膝跪下，双手合十，举头望天，说了下面一番话：

“上帝呀，什么事情都瞒不过你，你洞察一切，无所不能，无论什么事情你都能做到。你知道真情，了解我无缘无故受到多大的侮辱。凡涉及我本人的事，我都原谅他，以求你赦免我的罪过。这个人行事说话有天没日的，求你不要介意。但是他对你的辱骂，我求你为了伸张正义不要宽容。这里有人本想买免罪符的，可是因为听信了那个家伙的骗人鬼话，就不想买了。那个家伙实在害人，上帝呀，我求你不要宽容他，但求你马上照如下办法在这儿显灵：如果那个家伙说的是真话，是我干坏事造假，就让这个讲道台和我一道陷到四丈深的地底下去，从此再不见天日；如果我说的是真话，是他中了邪魔想要阻挠诸位得到这种福气而出口伤人，那就叫他受到惩罚，让大家都清楚他居心不良。”

我那虔诚的主人话音刚落，那个倒霉的差役扑通一声栽倒在地，声音响得震动了整个教堂。他开始大喊大叫，口吐白沫，嘴也歪斜了，脸上做出奇怪的表情，一边拳打脚踢，就地打滚。

众人乱哄哄地喊叫起来，谁也听不见别人说的话。一些人吓得魂不附体。

有人说：“上帝快来救救他吧！”

也有人说：“活该，谁叫他这样诬陷人啊！”

后来有几个在场的人——我看他们也吓得不轻——走上前来按住他的胳臂，因为他向周围的人抡拳乱打。另外几个人捉住他的腿，死死按着不放，因为世界上最犟的骡子也没他踢得凶。

他们这样按了他好一会儿。因为按着他的人虽然不止十五个，仍挡不住他乱打乱揍，一不小心就挨他的嘴巴子。

与此同时，我的主人一直跪在讲道台上，双手高举，两眼望天，魂儿好像已经出窍，教堂里那么大的哭喊、吵闹声都不能把他从神境中唤醒。

几个好心人走到他跟前，扯着嗓门把他叫醒过来，央求他去救救那个可怜的家伙，因为那个人快不行了；还求他不要计较过去的事和那个人说的坏话，因为那个家伙已经得到报应。他们请他看在上帝的面上想个什么办法使那个家伙解脱危险不再受罪，因为他们全都看得清清楚楚，是那个罪人有罪，而他则是一片好心，句句真话，所以上帝应他的请求替他雪恨，立即对那人进行了惩罚。

推销员这时才像从梦中醒来，看了看那几个人，又看看那个罪人和周围的人，然后慢悠悠地说道：

“好心的人们，你们不要为这样的人求情，上帝是用他来明明白白地显圣的。不过，上帝既然告诫我们不要以恶报恶，要我们不记旧仇，那我们也可以放胆请求上帝像他训诫我们的那样，宽恕这个人，尽管这个人破坏了众人的神圣信念，冒犯了上帝。现在我们大家一起来祈求上帝吧。”

于是他走下讲道台，要求人们虔诚地祈求上帝开恩宽恕那个罪人，让他恢复健康和神智，如果上帝是因他罪孽深重而让魔鬼缠在他身上的，还求上帝把魔鬼赶走。

大家都跪下来，在祭坛前和教士们一起低声唱诵应答祷词。我主人拿着十字架和圣水，对着差役唱过几句，然后，朝天举起双手，仰面望天，眼珠子翻得几乎只露出眼白，开始为他祈祷，祷词又长又虔诚，每个人都感动得流了泪，就像宣讲耶稣受难时虔诚的讲道士和听众时常要流泪那样。他祈求上帝开恩，饶了那个受魔鬼引诱走上死亡和罪孽之道路的人，让他恢复健康活过来，以便忏悔认罪，因为上帝并不要那个罪人的性命，而是要那个人活着悔过。

说完后，他叫人把免罪符拿来，放在差役头上。眼见得那个罪孽深重的差役开始安静下来，恢复了神志。差役清醒后，立即跪在免罪符推销员老爷的脚下求饶，承认是受了魔鬼的指使说了那些话，一是为了诬陷推销员出出那天的气，另外一个更重要的原因是，魔鬼看见人们这就要买免罪符得到福气，心里着实难以忍受。

我主人原谅了他，俩人和好如初。于是镇上的人争着买免罪符，丈夫、妻子、儿子、女儿、姑娘、小伙子，竟少有人落下的。

有关这事的消息传遍邻近各城，我们所到之处，再不用宣讲，也不用去教堂，人们都赶到我们投宿的客店来买免罪符，好像那是白送的梨。就这样，我们在那一带转了十一二个地方，我主人一次都没讲道就销掉了上万份免罪符。

说老实话，在他演那出把戏的时候，可怜我也像其他许多人那样吓得要命，并且信以为真。可是后来看见我主人跟差役拿那件事当作笑料，我才知道这都是我那个专会出鬼点子的精明主人精心策划的。

〔在另外一个地方——地名我就不说了，免得影响那儿的名声——我们有过这么一档子事：我主人宣讲了两三次，可就是没有人买免罪符，尽管他说了免罪符管保能用一年，也是白搭，人们就是不买，他的力气都白费了。我的这个滑头主人一看这种情形，就叫人敲钟把人召集起来向众人告别。他在讲道台上宣讲、道别完毕，准备从讲道台上下来的时候，把公证人和我叫过去，我当时拿着褡裢。他叫我们走到台阶前，拿过差役手上和我褡裢里的免罪符，统统放在他脚跟前，再回身高高兴兴地走上讲道台，并从讲道台上把免罪符十张一沓或二十张一沓地朝四处抛散，同时说：

“教友们，快，快来接上帝给你们送上门的恩典，这不会使你们后悔的，因为赎回被囚禁在摩尔人土地上的基督徒是最最仁慈的善事。为了使他们不背弃我们的神圣信仰，不受炼狱之苦，只求你们施舍一点儿，念几遍天主经和万福玛利亚祈祷词，好让他们不再被囚禁；而且正如你们在免罪符上看到的，这样做对你们在炼狱里受苦受难的父老兄弟和亲戚也有好处。”

众人一看免罪符就这么扔下来，既像白送的东西，又像是从天上掉下来的，都拼命地抢。他们掰着指头数，从儿女直数到最末等的仆人，把吃奶的婴儿连同故去的亲人也统统算上，给家里每个人都拿上一张。我们给弄得手忙脚乱，我身上穿的那件旧衣服都给扯破了。我可以向您保证，只一个多小时的光景，我褡裢里的免罪符就全部给拿光了。我只好回客店去取更多的免罪符来。

等所有的人都拿够了，我主人从讲道台上招呼他的公证人以及镇政府的公证人，要他们站起身来，看清是哪些人得了免罪符的恩典并逐一登记，他好向差遣他的人详细报告。

就这样，所有的人都痛痛快快地报出自己拿的免罪符的数目——按照子女、仆人和已故亲人这一顺序点数。

统计完毕，因他还得去别处办事，便请镇上的长官发善心命令证人对在那儿散发的免罪符造册、公证。据公证人说，在那儿共发出两千多张免罪符。

事毕，他和气、亲切地向大家告别，然后我们便离开了那里。我们就要动身的时候，当地助理神甫和镇政府的成员们还问他，免罪符对于胎儿是不是有用。

他回答说，据他本人的学识判断，是不管用的。他要他们去问比他年岁大的教会圣师，他自己作为推销员觉得那不起作用。

我们就这样走了，人人都因得了便宜而高兴万分。我主人对差役和公证人说：

“你们觉得这些乡巴佬怎么样？他们以为只要说自己是‘老基督徒’，不必行善，一文钱也不花，灵魂就可以得救了呢！可是我以我的名字发誓，我一定得让他们掏钱去救出十几个被俘的人！”

我们就这样离开那里，来到靠近托莱多地界的一个地方，再往前走就是拉曼恰了。我们在那儿碰到的人，更是执意不肯买免罪符。我主人和我们这些同行的人，使劲推销，宣讲了两次，可是连三十张免罪符都没脱手。

我这个精明的主人一看推销不成，损失很大，就想了一个兜销的花招。那天他做了一次大弥撒，布道完后，他回到祭坛，拿起一个他带在身上的一拃多长的十字架，悄悄放在弥撒书后面。祭坛上有个火盆，因为天气非常冷，人们把它放在那里烤手用。他在那儿不声不响地把十字架放在火上，等做过弥撒，祝福完毕，便用手帕裹着拿起十字架，用右手握着，左手拿着免罪符，走到祭坛最底下的一级，让人们去吻十字架。他招手叫人过去吻十字架，于是众人按照老规矩排着队，一个一个走上前来，走在最前面的是镇上的几位长官和当地几位年岁最大的老人。

第一个上前的是个年迈的镇长，尽管我主人让他轻轻吻一下十字架，他的脸还是被烫了一下。他赶忙把头往后一缩，我主人一看这情景，就说：

“镇长老爷，小心！您看，显灵了！”

这样又走过七八个人，我主人挨个儿对他们说：

“老爷，慢点儿！您看，显灵了！”

他看到已有多人脸上挨了烫，足以证明那个奇迹了，就没再让别人上前吻十字架。然后，他又走到祭坛前，讲了一大通奇妙的话，说什么上帝以此种方式显灵，是因为当地人缺乏善心，说要把那个十字架带到他所属的主教管区的神圣大教堂里去；还说，都因为当地施舍太少，十字架才冒火了。

这么一来，人们都争着买免罪符，结果，两个公证人加上全部教士和教堂司事都来登记还嫌人手不够。我可以肯定，正像我现在对您说的那样，那一次就卖出了三千多张免罪符。

后来，临走时，他自是毕恭毕敬地去拿那个显灵的十字架，还说他理当叫人给那个十字架贴金。

镇政府和当地的教士一再央求他把那个神圣的十字架留下，作为那次显灵的纪念。他无论如何不肯答应，最后因为央求的人太多，他才同意留下。当地人把他们的一个老十字架给了他，那是件银质的古物，据说足有两三磅重。

我们就这样高高兴兴地离开那里，一则因为十字架换得合算，二则因为买卖顺手。这件事的前前后后，除了我没有第二个人知道。因为当时我也走到祭坛跟前，去看看祭瓶里是不是还剩下点做弥撒用的酒，以便照我先前的习惯，把它灌进我体内妥当的地方。他一看到我，忙把手指放在嘴上，示意我别声张。我当然照办，因为这对我有好处，虽然后来我看到“显灵”的情景，差一点忍不住吐露内情。只是我那滑头主人很有戒心，不让我跟任何人去说，我也一直把这件事存在心里，因为他要我起过誓不透露那次“显灵”的内幕，所以我一直到今天都照他说的办。〕

我虽然还小，可也觉得有趣，心里说：

“这些骗子对那些老实人不定要过多少这样的花招呢！”

总之，这第五个主人我跟了大约有四个月的时间，期间也是历尽辛苦。

〔尽管在每个推销免罪符的地方他都给我好吃好喝——反正我们吃的是神甫和教士们给的饭食。〕

第六章
拉撒路怎样投靠了一个神甫以及跟他经历的事情

这以后，我跟了一个画手鼓的师傅，替他研磨颜料，又受了千般罪。

那时我已经不是小孩子了，有一天我进了大教堂，教堂的一个神甫收留了我，让我给他干活，交给我一头驴、四个瓦罐和一条赶牲口的鞭子。从此我开始在城里卖水。这是我开始过好日子的第一个台阶，我的肚子能填饱了。我每天从赚的钱里拿出三十马拉维迪上缴我主人，星期六赚多赚少全归我自己，其他日子缴足这三十马拉维迪就行。

我干这行着实不错，我把赚的钱仔细存了起来，四年后，用攒下的钱买了几件旧衣服，穿得十分体面。我买的衣服有：一件旧的粗绒布上衣，一件袖子上宽下窄、带胸饰的破旧外衣，一件绒面已经磨平的披风和一把奎利亚尔城[①]最早生产的宝剑。我看自己穿得像个体面人了，就对我主人说，请把驴子牵回去吧，我不想再干那一行了。

---

① 塞哥维亚省一城市名，铸剑名手安东尼奥曾在该城铸剑；一说奎利亚尔为一著名铸剑手的名字。

第七章
拉撒路怎样投靠了一个差役以及跟他的遭遇

我向教士辞了差事，又跟了一个差役，吃起了衙门饭。不过我跟他的时间不长，因为我觉得干那一行很危险。尤其是一天晚上，几个逃犯竟用石子和棍子追打我主仆二人。我主人稍有迟延，就被他们狠揍了一顿；幸好他们没追上我。从此我就罢手不干了。

我正思量着找个什么差事来谋生，过几天舒心日子并攒点钱养老的时候，上帝开恩给了我启示，让我走上一条有出息的正路。我靠朋友和老爷们的关照，谋到现在这个差事，把先前受的苦和累全都弥补上了。这是个给国王效力的差事，因为我明白只有给国王当差才可能发家①。

至今我还靠着这个差事生活，并为上帝和您效劳。我的职务是：为城里卖酒、拍卖或寻找失物叫喊消息，押着吃“正义”苦头的人②大声宣布他们的罪状。直截了当地说，我

---

① 借用西班牙成语：“发家致富三条路：进教会、跨洋过海或为朝廷效力。”

② 见第一章第一页注。

是个发布口头告示的报子。

〔在我任这个职务之后，有一天，我们要在托莱多城绞死一个小偷，当时我手里拿着根粗草绳，一见草绳，我突然领悟到了我那个瞎子主人在埃斯卡洛纳对我讲过的那句话。想想他给我的诸多教诲，又想到我对他以怨报德，心里很是后悔。因为除上帝之外，是他教会了我本事，才使我得以有今天的一切。〕

我干这差事一帆风顺，得心应手，凡是与我职务有关的事情，几乎都得经我的手。城里不论是谁要卖酒或别的什么东西，如果我托尔梅斯河的拉撒路不过问，他们就甭想赚到钱。

这期间，圣萨尔瓦多教区大祭司老爷——我的主人，也是您的仆人和朋友——见我能干，日子过得不错，对我的人品也有所耳闻，因为我为他推销过酒，便极力撺掇我和他的一个女佣人成亲。我看从这样一位贵人那儿只会得到好处和照应，决定从命。这样我就和那个女人成了亲，直到今天我也没后悔。

她不但人好、手脚勤快，我还从大祭司老爷那儿得到种种照顾和帮补。他陆续给她的麦子，每年加起来总共有四五担左右；圣诞节期，准给她送一份肉来；还不时送来几个上供用的精白小面包或者他不穿的旧裤子。他让我们租了紧挨着他家的一间小房子，几乎每个礼拜天和节日我们都在他家吃饭。

可是，任何时候都会有背后嚼舌的人，他们说三道四，不让我们安生，说什么看见我女人去给大祭司铺床、做饭。

但愿上帝保佑他们——他们讲的哪能当真呢！

〔虽然那一阵子我也有点犯疑，因为有几顿晚饭她让人等得很不耐烦，一直等到第二天做早祷，甚至还要更晚，这使我不由得想起我那个瞎子主人在埃斯卡洛纳抓住犄角时对我讲过的那番话。说实在的，尽管我总寻思是魔鬼让我想起瞎子的那些话，使我跟我老婆不和，可魔鬼是白费心机。〕

因为，不但我老婆听不得这些人的风言风语，我主人也做过保证，我想总不会不算数的。有一天，他当着我女人的面和我长谈了一次，他说：

"托尔梅斯河的拉撒路，谁要是理会旁人的风言风语，就永远别想发迹。我说这话，是因为我毫不奇怪有人见你妻子出入我家，就……她来我家无损于你和她的体面，这件事儿我可以向你担保。因此，你不要去理会别人说什么，只要管与你相干的事就行了，我是说，只管对你自己有好处的事。"

“老爷，”我回答他说，“我早就打定主意投靠好人。确实有几个朋友对我讲过这种闲话，还再三向我保证，她在嫁我以前，已经生过三回孩子。因为她在这儿，我跟您老说这话，您可别在意。”

我老婆当即指着自己发起誓来，我还真担心那幢房子会跟我们一起沉到地底下去呢。后来她又大哭起来，还咒骂那个把她嫁给我的人。她这么一闹，我觉得我就是死了也不该把那种话抖搂出来。这时我和我主人一边站一个，对她左劝右劝，向她做了不知多少许诺，她才止住了眼泪。我向她起的誓是：我这一辈子再不提那件事，无论她白天黑夜进出大祭司家，我都高兴，都愿意，因为我完全相信她是个好女人。这样我们三人便相安无事了。

直到今天，任何人也没再听我们提起这件事，而且每当我觉得有人想说她的闲话时，就截住他的话头，说：

“听着，你要是够朋友，就别说让我心烦的话，谁让我不痛快，尤其是谁想弄得我们夫妻不和，我就不认他这个朋友。因为我老婆是我在这个世界上最喜爱的宝贝，我喜欢她胜过我自己。有了她，上帝才给了我数不清的恩典，给了我大大超过我该领受的福分。我可以指着圣体发誓，她和托莱多城里所有的女人一样守妇道。谁要是说别的，我就跟他拼命。”

这么一来，别人就不再跟我说什么了，我家里也就太平了。

发生这事那年，正好咱们的常胜皇帝进驻这座著名的托莱多城[1]，并在此地建立朝廷，为此还举行了盛大庆典，这些情况您肯定已经听说了。那正是我日子过得最红火、运气最好的时候。

〔至于我今后的经历，我以后再向您禀报。〕

---

① 此处指哪一个王朝说法不一，有的认为是指1525年8月27日卡洛斯一世（即神圣罗马帝国哈布斯堡王朝查理五世）胜利进入托莱多城后建立的王朝；有的说是指1538年在托莱多城建立的王朝。

汉译文学名著

第一辑书目（30 种）

伊索寓言	〔古希腊〕伊索著　王焕生译
一千零一夜	李唯中译
托尔梅斯河的拉撒路	〔西〕佚名著　盛力译
培根随笔全集	〔英〕弗朗西斯·培根著　李家真译注
伯爵家书	〔英〕切斯特菲尔德著　杨士虎译
弃儿汤姆·琼斯史	〔英〕亨利·菲尔丁著　张谷若译
少年维特的烦恼	〔德〕歌德著　杨武能译
傲慢与偏见	〔英〕简·奥斯丁著　张玲、张扬译
红与黑	〔法〕斯当达著　罗新璋译
欧也妮·葛朗台 高老头	〔法〕巴尔扎克著　傅雷译
普希金诗选	〔俄〕普希金著　刘文飞译
巴黎圣母院	〔法〕雨果著　潘丽珍译
大卫·考坡菲	〔英〕查尔斯·狄更斯著　张谷若译
双城记	〔英〕查尔斯·狄更斯著　张玲、张扬译
呼啸山庄	〔英〕爱米丽·勃朗特著　张玲、张扬译
猎人笔记	〔俄〕屠格涅夫著　力冈译
恶之花	〔法〕夏尔·波德莱尔著　郭宏安译
茶花女	〔法〕小仲马著　郑克鲁译
战争与和平	〔俄〕列夫·托尔斯泰著　张捷译
德伯家的苔丝	〔英〕托马斯·哈代著　张谷若译
伤心之家	〔爱尔兰〕萧伯纳著　张谷若译
尼尔斯骑鹅旅行记	〔瑞典〕塞尔玛·拉格洛夫著　石琴娥译
泰戈尔诗集：新月集·飞鸟集	〔印〕泰戈尔著　郑振铎译
生命与希望之歌	〔尼加拉瓜〕鲁文·达里奥著　赵振江译
孤寂深渊	〔英〕拉德克利夫·霍尔著　张玲、张扬译
泪与笑	〔黎巴嫩〕纪伯伦著　李唯中译
血的婚礼——加西亚·洛尔迦戏剧选	〔西〕费德里科·加西亚·洛尔迦著　赵振江译
小王子	〔法〕圣埃克苏佩里著　郑克鲁译
鼠疫	〔法〕阿尔贝·加缪著　李玉民译
局外人	〔法〕阿尔贝·加缪著　李玉民译

图书在版编目(CIP)数据

托尔梅斯河的拉撒路 / (西) 佚名著 ; 盛力译. —
北京:商务印书馆,2021(2022.8 重印)
(汉译世界文学名著丛书)
ISBN 978-7-100-20039-4

Ⅰ. ①托… Ⅱ. ①佚… ②盛… Ⅲ. ①流浪汉小说—
西班牙—中世纪 Ⅳ. ①I551.43

中国版本图书馆 CIP 数据核字(2021)第 114085 号

汉译世界文学名著丛书
托尔梅斯河的拉撒路
〔西〕佚名 著
盛力 译

商 务 印 书 馆 出 版
(北京王府井大街36号 邮政编码100710)
商 务 印 书 馆 发 行
北京中科印刷有限公司印刷
ISBN 978-7-100-20039-4

2021 年 10 月第 1 版 开本 850×1168 1/32
2022 年 8 月北京第 2 次印刷 印张 2⅞

定价:36.00 元